POIL DE CAROTTE

JULES RENARD

Poil de Carotte

PRÉFACE DE ROBERT SABATIER
COMMENTAIRES ET NOTES DE MICHEL AUTRAND

LE LIVRE DE POCHE
Classiques

© Librairie Générale Française, 1984.
ISBN : 978-2-253-03560-2 – 1re publication LGF

PRÉFACE

Lorsque je lus pour la première fois *Poil de Carotte*,
cet admirable livre publié en 1894 et toujours actuel,
je sortais à peine de l'enfance, une enfance de petit
orphelin qui a constitué le fondement de plusieurs de
mes romans. Je ne manquai pas alors de chercher des
analogies entre la situation familiale du petit garçon
roux et la mienne (ne disait-on pas dans mon entourage que j'étais un petit Poil de Carotte, bien que mes
cheveux ne fussent pas flamboyants !). Je reconnus,
certes, quelques aspects de ma vie enfantine — comme
tout lecteur ou toute lectrice en retrouvera — mais fort
peu, non que tout fût tellement différent, mais parce
que je vivais dans un milieu sans ennui, éloigné des
mesquineries, et surtout parce que mon caractère,
moins renfermé, me portait à l'extériorisation et à
l'émerveillement, parce que j'avais pour arme une
gouaille plus proche de celle de Gavroche (ou de son
descendant le petit Poulbot) que de Poil de Carotte,
cette émanation du minutieux observateur de lui-
même, des siens et de la nature qu'est Jules Renard.

Plus tard, je relus ce livre d'un œil neuf, et je viens de
le relire puisque j'ai le bonheur de le préfacer. Dans
l'âge mûr, plus averti, j'ai découvert à quel point Poil
de Carotte, sa mère, la mal-aimante Mme Lepic, son
père, le résigné M. Lepic, le grand frère Félix et la sœur
Ernestine sont criants et même blessants de vérité. Et
l'on s'attache surtout au petit bonhomme roux autour

de qui gravitent la tristesse et la grisaille. Dans la riche galerie des jeunes personnages de la littérature, Poil de Carotte est celui qui nous touche le plus directement : il traduit, loin des clichés et des attendrissements faciles, les sensations profondes de l'enfance, sa vive sensibilité, et aussi ces misères, ces blessures, ces frustrations que nous avons tous plus ou moins connues et que la coulée du temps nous a fait oublier. Je retrouve chez Jules Renard (car c'est bien lui qu'il a mis en scène, lui et ses père et mère, sa sœur Amélie devenue Ernestine, son frère Maurice qui est le grand frère Félix du roman), en pleine lumière, la face la plus secrète de l'enfance, et cela en dépit des bientôt cent années qui nous séparent de l'époque de son écriture.

L'originalité de *Poil de Carotte* est entière. Cette œuvre, par sa composition bien particulière, par son style, par ses personnages, ne ressemble à aucune autre. Je ne connais rien de ce genre qui l'ait précédé, accompagné ou suivi, même s'il m'est arrivé d'apparenter la Folcoche de *Vipère au poing* d'Hervé Bazin à la méchante Mme Lepic. Parmi les héros que j'ai aimés, Oliver Twist ou certain bon petit diable de la comtesse de Ségur, les enfants selon Hector Malot, Lichtenberger ou Anatole France, aucun ne m'a semblé plus vrai que celui dont on a oublié le nom de baptême au profit de son sobriquet et dont Mme Lepic dit que son âme est encore plus jaune que ses cheveux.

Jules Renard n'a pas écrit une longue suite narrative. Il a procédé par courtes séquences, presque par bribes, souvent par de brèves anecdotes (ainsi à la fin du livre) ; souvent, il a introduit, tout simplement, le dialogue, comme au théâtre (n'a-t-il pas tiré avec succès une pièce représentée dès 1900 où les traits volontairement forcés ont ému les spectateurs !). Chaque partie, très serrée, ne compte que peu de pages : elles en disent plus long que bien des développements, car nous sommes devant des faits, de brefs événements qui trouvent leur prolongement dans l'esprit du lecteur. Ce sont de petites coupes de vie courante, rédigées avec économie, chacune contenant une portion d'univers bien dessiné, un croquis rapide, sur le vif, qui restitue en peu de mots les personnages, les lieux, la manière d'être et de ressentir de chacun. Jules Renard n'est pas un lyrique, un romantique, mais un observateur de faits menus qu'il recueille tel un entomologiste ou un chasseur de papillons, et il en naît une poésie naturelle, que l'on reconnaît et que l'on apprécie comme une chose unique, un petit bijou nouvellement créé. Le miracle est que ces fines observations, ces constants découpages ne donnent pas une impression de décousu, d'essoufflement. Tout est au contraire serré, rigoureux ; les scènes se répondent, se complètent, affirment les traits ; la synthèse est faite par un auteur minutieux et savant qui sait exercer son regard et ses sens, découvrir des analogies sensibles, pénétrer insidieusement dans le mystère des êtres et des choses.

L'intérêt du jeune Poil de Carotte est qu'il ne correspond à aucune donnée établie. Enfant martyr ? Que non pas. De l'idée que nous avons de cet état abominable, nous ne trouvons trace. Enfant persécuté ? Certes, et surtout par la mère qui l'a pris pour tête de Turc. Son père n'est pas mauvais homme, mais il l'ignore car il vit dans son propre univers, un monde fort sérieux où il apparaît indifférent, lointain, rêveur, laissant les choses aller leur cours. Parfois il semble qu'il soit tenté d'apporter de l'aide à son fils mais ce ne sont que velléités. Le frère et la sœur ? Ils ne pensent guère qu'à eux-même, qu'à se tirer des ennuis possibles et des corvées dont on chargera bien sûr Poil de Carotte : aller fermer les poules en dépit des terreurs nocturnes ou tuer des perdrix. La mère apparaît méchante, injuste, dénuée de sentiment maternel : « Si Mme Lepic me mangeait de caresses, elle commencerait par le nez », constate l'enfant. Et elle s'écrie volontiers : « Si ton père n'était plus là, il y a longtemps que tu m'aurais donné un mauvais coup, plongé ce couteau dans le cœur, et mise sur la paille ! » Rien que cela ! Beaucoup de stupidité aussi.

Mais Poil de Carotte, est-il un petit ange ? Reconnaissons qu'il ne correspond pas à une idée de l'enfance gentille et sans défense. Il est maladroit, gauche, capable de sottise, en porte à faux, souvent prêt à susciter le sarcasme ou la punition, en rajoutant volontiers, en proie au mauvais sort, à la malchance, car tous les « sales coups » sont pour lui : se blesse-t-il avec un outil qu'il sera traité de « petit imbécile ». Et il y a ce que beaucoup d'enfants ont connu : l'incontinence nocturne et le réveil mouillé. Tout se ligue contre lui pour qu'il soit celui dont on se moque. Si l'on a des poux, ils ne peuvent venir que de lui, cette « espèce de petite brute » comme l'appelle sa mère. Poil de Carotte est donc le mal aimé, l'incompris mais il se situe aussi au centre de ce monde provincial, guindé et soucieux de bonne tenue, et s'il est malheureux, il ne manque pas non plus de tenir son rôle et de le forcer quelque peu sans doute pour se donner satisfaction à ses propres yeux, se faire état à lui-même de sa lucidité. Il voudrait s'extérioriser, montrer le fond le plus pur de lui-même, et il ne sait pas s'y prêter. Alors, on le découvre, ni petit ange ni vilaine bête, capable de ruse, ce petit renard, de menues perfidies, de sournoiserie et même de mensonge — ce sont là des moyens de défense lorsque tout se ligue contre vous. Il y aura aussi du défi et de l'orgueil : par exemple, lorsque promis à une correction, il s'écrie : « Qu'est-ce que ça fait, pourvu qu'on rigole ! » Mais quel drame dans cette simple phrase si souvent citée : « Tout le monde ne peut pas être orphelin ! » ou encore ici : « Si jamais, rêve Poil de Carotte, on me donne comme à grand frère Félix, un cheval de bois pour mes étrennes, je saute dessus et je file. »

Poil de Carotte sans cesse nous émeut. En dépit de l'amertume, de ces événements portant au pessimisme, de cette impression constante d'une sensibilité rentrée, incapable de s'exprimer, d'une absence d'expression chaleureuse, monte un appel qui est celui de l'être solitaire face à la vie. Par-delà son amertume, son ironie, Poil de Carotte exprime une âme avide d'amour : le moindre signe venu du père, lui aussi victime, le gonfle de joie, lui apporte un peu de soleil.

Et pour nous, lecteurs, lectrices, il y a, plus fortes que la mélancolie ou la pitié, ces belles images de la nature dans une ferme du Nivernais si bien décrite, le lieu même où se déroula l'enfance de l'écrivain. Ces textes, ces observations de nature sont proches de cet autre délicieux livre : *Histoires naturelles*, proches de maints passages du célèbre *Journal* que tint Jules Renard, né en 1864, de 1887 à sa mort en 1910 et que je tiens, comme *Poil de Carotte*, pour un chef-d'œuvre. Car Jules Renard est un musicien, un interprète de la nature, un observateur des hommes. Il commença par écrire des vers, mais c'est par la prose qu'il rejoignit le plus sûrement la poésie. Que l'on observe bien chacune des séquences qui composent *Poil de Carotte* : tout y est parfaitement distribué, sans un mot de trop ; chaque pièce se termine par une épigramme qui la couronne et en accentue le relief — un peu comme la moralité qui apporte la conclusion d'une fable ou le quatorzième vers d'un sonnet qui le prolonge.

Comme beaucoup d'écrivains, Jules Renard monta à Paris. Il prépara l'École normale supérieure et finit par choisir la littérature. Pourvu de petits emplois, les œuvres se succéderont, notamment des pièces de théâtre et cela lui sied fort bien, car il aime les anecdotes, les mots d'auteur, les bonnes répliques et comme ses amis se nomment Allais, Capus, Lucien Guitry, Schwob, l'émulation est présente. Le dit-on « Maupassant de poche » ? Il s'en moque. Ne se décrit-il pas lui-même comme un « Loti cantonal » ! Et pourquoi pas ? Modeste ou faux modeste, qu'importe ! Il n'a jamais joué à l'écrivain maudit, ne refusant ni la Légion d'honneur, ni l'Académie Goncourt, ni même d'être maire de sa commune. Georges Perros écrivit justement : « Il regarde la nature comme un muet regarde un bavard : avec surprise et jalousie. » Mais ce muet n'est ni sourd ni aveugle : ce qu'il entend, ce qu'il voit, il le restitue en plus vrai, il nous tend sans cesse des lunettes pour que nous voyions ce que nous ne savons plus voir. Doit-on le définir par le titre d'une de ses œuvres (qui contient déjà neuf des récits qui pren-

dront place dans *Poil de Carotte*) : *Sourires pincés* ?
Nous dirions plutôt : sourires mélancoliques mais où
perce toujours une fine lumière qui est celle-là même
de l'intelligence aux aguets. De nos vieilles provinces, il
a tous les charmes, de la rêverie à la mélancolie, d'un
subtil ennui à une profonde sagesse, mais toujours la
beauté est présente, celle de l'éternel comme celle de
l'instant fugitif vite saisi par un prodigieux chasseur
d'images.

Poil de Carotte a marqué de son empreinte des géné-
rations. Qui a lu une telle œuvre ne peut l'oublier. Elle
concerne chacun de nous. Elle dérange certes quelques clichés, quelques mythes d'enfance, mais au profit d'une vérité entière. Lire ce livre, faire connaissance
avec le jeune héros et son entourage, c'est jeter forcé-
ment un regard vers les premiers jours de notre vie,
nous persuader, comme l'a dit le poète, que l'enfant est
le père de l'homme. Jules Renard s'est délivré en écrivant cette œuvre d'une enfance obsédante (ou a cru
s'en délivrer) et il nous permet de mieux voir la nôtre
en nous offrant tous les éléments d'une comparaison.

J'oubliais : il y a l'incessant plaisir de lecture,
l'absence d'ennui même lorsque l'auteur traduit
l'ennui ou la solitude morose, et cela compte car, on
l'oublie trop souvent, lire est aussi une distraction —
une distraction supérieure, celle qui vous porte un peu
plus haut que vous pour vous ramener plus pur et plus
clairvoyant à vous-même. C'est pourquoi je souhaite à
qui se penche sur ce livre bonne et belle lecture. Je suis
sûr que *Poil de Carotte*, ce vivant classique, sera l'ami
de tous et de toutes.

ROBERT SABATIER
de l'Académie Goncourt.

A Fantec et Baïe

LES POULES

— Je parie, dit Mme Lepic, qu'Honorine a encore
oublié de fermer les poules.

C'est vrai. On peut s'en assurer par la fenêtre.
Là-bas, tout au fond de la grande cour, le petit toit[1]
aux poules découpe, dans la nuit, le carré noir de sa
porte ouverte.

— Félix, si tu allais les fermer ? dit Mme Lepic à
l'aîné de ses trois enfants.

— Je ne suis pas ici pour m'occuper des poules,
dit Félix, garçon pâle, indolent et poltron.

— Et toi, Ernestine ?

— Oh ! moi, maman, j'aurais trop peur !

Grand frère Félix et sœur Ernestine lèvent à peine
la tête pour répondre. Ils lisent, très intéressés, les
coudes sur la table, presque front contre front.

— Dieu, que je suis bête ! dit Mme Lepic. Je n'y
pensais plus. Poil de Carotte, va fermer les poules !

Elle donne ce petit nom d'amour à son dernier-né,
parce qu'il a les cheveux roux et la peau tachée[2]. Poil
de Carotte, qui joue à rien sous la table, se dresse et
dit avec timidité :

— Mais, maman, j'ai peur aussi, moi.

— Comment ? répond Mme Lepic, un grand gars
comme toi ! c'est pour rire. Dépêchez-vous, s'il te
plaît !

1. Voir plus loin « Le Toiton », p. 88.
2. Couverte de taches de son.

— On le connaît ; il est hardi comme un bouc, dit sa sœur Ernestine.

— Il ne craint rien ni personne, dit Félix, son grand frère.

Ces compliments enorgueillissent Poil de Carotte, et, honteux d'en être indigne, il lutte déjà contre sa couardise. Pour l'encourager définitivement, sa mère lui promet une gifle.

— Au moins, éclairez-moi, dit-il.

Mme Lepic hausse les épaules, Félix sourit avec mépris. Seule pitoyable, Ernestine prend une bougie et accompagne petit frère jusqu'au bout du corridor.

— Je t'attendrai là, dit-elle.

Mais elle s'enfuit tout de suite, terrifiée, parce qu'un fort coup de vent fait vaciller la lumière et l'éteint[1].

Poil de Carotte, les fesses collées, les talons plantés, se met à trembler dans les ténèbres. Elles sont si épaisses qu'il se croit aveugle. Parfois une rafale l'enveloppe, comme un drap glacé, pour l'emporter. Des renards, des loups même ne lui soufflent-ils pas dans ses doigts, sur sa joue ? Le mieux est de se précipiter, au juger, vers les poules, la tête en avant, afin de trouver l'ombre. Tâtonnant, il saisit le crochet de la porte. Au bruit de ses pas, les poules effarées s'agitent en gloussant sur leur perchoir. Poil de Carotte leur crie :

— Taisez-vous donc, c'est moi !

ferme la porte et se sauve, les jambes, les bras comme ailés. Quand il rentre, haletant, fier de lui, dans la chaleur et la lumière, il lui semble qu'il échange des loques pesantes de boue et de pluie contre un vêtement neuf et léger. Il sourit, se tient droit, dans son orgueil, attend les félicitations, et maintenant hors de danger, cherche sur le visage de ses parents la trace des inquiétudes qu'ils ont eues.

---

1. Ce récit de peur nocturne chez un enfant a au moins deux antécédents célèbres : dans le livre second de l'*Émile* de Rousseau, et dans le début de *L'Enfant* de Vallès. On retrouve le même sujet dans *Coquecigrues* de Renard (« De garde ») mais le héros cette fois est un jeune soldat.

Mais grand frère Félix et sœur Ernestine conti-
nuent tranquillement leur lecture, et Mme Lepic lui
dit, de sa voix naturelle :

— Poil de Carotte, tu iras les fermer tous les soirs.

LES PERDRIX

Comme à l'ordinaire, M. Lepic vide sur la table sa
carnassière. Elle contient deux perdrix. Grand frère
Félix les inscrit sur une ardoise pendue au mur. C'est
sa fonction. Chacun des enfants a la sienne. Sœur
Ernestine dépouille et plume le gibier. Quant à Poil
de Carotte, il est spécialement chargé d'achever les
pièces blessées. Il doit ce privilège à la dureté bien
connue de son cœur sec.

Les deux perdrix s'agitent, remuent le col.

MADAME LEPIC

Qu'est-ce que tu attends pour les tuer ?

POIL DE CAROTTE

Maman, j'aimerais autant les marquer sur
l'ardoise, à mon tour.

MADAME LEPIC

L'ardoise est trop haute pour toi.

POIL DE CAROTTE

Alors, j'aimerais autant les plumer.

MADAME LEPIC

Ce n'est pas l'affaire des hommes.

Poil de Carotte prend les deux perdrix. On lui
donne obligeamment les indications d'usage :

— Serre-les là, tu sais bien, au cou, à rebrousse-
plume.

Une pièce dans chaque main derrière son dos, il
commence.

MONSIEUR LEPIC

MONSIEUR LEPIC

Deux à la fois, mâtin !

POIL DE CAROTTE

C'est pour aller plus vite.

MADAME LEPIC

Ne fais donc pas ta sensitive ; en dedans, tu savoures ta joie.

Les perdrix se défendent, convulsives, et, les ailes battantes, éparpillent leurs plumes. Jamais elles ne voudront mourir. Il étranglerait plus aisément, d'une main, un camarade. Il les met entre ses deux genoux, pour les contenir, et, tantôt rouge, tantôt blanc, en sueur, la tête haute afin de ne rien voir, il serre plus fort.

Elles s'obstinent.

Pris de la rage d'en finir, il les saisit par les pattes et leur cogne la tête sur le bout de son soulier.

— Oh ! le bourreau ! le bourreau ! s'écrient grand frère Félix et sœur Ernestine.

— Le fait est qu'il raffine, dit Mme Lepic. Les pauvres bêtes ! je ne voudrais pas être à leur place, entre ses griffes.

M. Lepic, un vieux chasseur pourtant, sort écœuré.

— Voilà ! dit Poil de Carotte, en jetant les perdrix mortes sur la table.

Mme Lepic les tourne, les retourne. Des petits crânes brisés du sang coule, un peu de cervelle.

— Il était temps de les lui arracher, dit-elle. Est-ce assez cochonné ?

Grand frère Félix dit :

— C'est positif qu'il ne les a pas réussies comme les autres fois.

C'EST LE CHIEN

M. Lepic et sœur Ernestine, accoudés sous la lampe, lisent, l'un le journal, l'autre son livre de prix ;

Mme Lepic tricote, grand frère Félix grille ses jambes au feu et Poil de Carotte par terre se rappelle des choses.

Tout à coup Pyrame, qui dort sous le paillasson, pousse un grognement sourd.

— Chtt ! fait M. Lepic.

Pyrame grogne plus fort.

— Imbécile ! dit Mme Lepic.

Mais Pyrame aboie avec une telle brusquerie que chacun sursaute. Mme Lepic porte la main à son cœur. M. Lepic regarde le chien de travers, les dents serrées. Grand frère Félix jure et bientôt on ne s'entend plus.

— Veux-tu te taire, sale chien ! tais-toi donc, bougre !

Pyrame redouble. Mme Lepic lui donne des claques. M. Lepic le frappe de son journal, puis du pied. Pyrame hurle à plat ventre, le nez bas, par peur des coups, et on dirait que rageur, la gueule heurtant le paillasson, il casse sa voix en éclats.

La colère suffoque les Lepic. Ils s'acharnent, debout, contre le chien couché qui leur tient tête.

Les vitres crissent, le tuyau du poêle chevrote et sœur Ernestine même jappe.

Mais Poil de Carotte, sans qu'on le lui ordonne, est allé voir ce qu'il y a. Un chemineau attardé passe dans la rue peut-être et rentre tranquillement chez lui, à moins qu'il n'escalade le mur du jardin pour voler.

Poil de Carotte, par le long corridor noir, s'avance, les bras tendus vers la porte. Il trouve le verrou et le tire avec fracas, mais il n'ouvre pas la porte.

Autrefois il s'exposait, sortait dehors, et sifflant, chantant, tapant du pied, il s'efforçait d'effrayer l'ennemi.

Aujourd'hui il triche.

Tandis que ses parents s'imaginent qu'il fouille hardiment les coins et tourne autour de la maison en gardien fidèle, il les trompe et reste collé derrière la porte.

Un jour il se fera pincer, mais depuis longtemps sa ruse lui réussit.

Il n'a peur que d'éternuer et de tousser. Il retient son souffle et s'il lève les yeux, il aperçoit par une petite fenêtre, au-dessus de la porte, trois ou quatre étoiles dont l'étincelante pureté le glace.

Mais l'instant est venu de rentrer. Il ne faut pas que le jeu se prolonge trop. Les soupçons s'éveilleraient.

De nouveau, il secoue avec ses mains frêles le lourd verrou qui grince dans les crampons rouillés et il le pousse bruyamment jusqu'au fond de la gorge. A ce tapage, qu'on juge s'il revient de loin et s'il a fait son devoir ! Chatouillé au creux du dos, il court vite rassurer sa famille.

Or, comme la dernière fois, pendant son absence, Pyrame s'est tu, les Lepic calmés ont repris leurs places inamovibles et, quoiqu'on ne lui demande rien, Poil de Carotte dit tout de même par habitude :

— C'est le chien qui rêvait.

LE CAUCHEMAR

Poil de Carotte n'aime pas les amis de la maison. Ils le dérangent, lui prennent son lit et l'obligent à coucher avec sa mère. Or, si le jour il possède tous les défauts, la nuit il a principalement celui de ronfler. Il ronfle exprès, sans aucun doute.

La grande chambre, glaciale même en août, contient deux lits. L'un est celui de M. Lepic, et dans l'autre Poil de Carotte va reposer, à côté de sa mère, au fond.

Avant de s'endormir, il toussote sous le drap, pour déblayer sa gorge. Mais peut-être ronfle-t-il du nez ? Il fait souffler en douceur ses narines afin de s'assurer qu'elles ne sont pas bouchées. Il s'exerce à ne point respirer trop fort.

Mais dès qu'il dort, il ronfle. C'est comme une passion.

Aussitôt Mme Lepic lui entre deux ongles, jusqu'au sang, dans le plus gras d'une fesse. Elle a fait choix de ce moyen.

Le cri de Poil de Carotte réveille brusquement M. Lepic, qui demande :

— Qu'est-ce que tu as ?

— Il a le cauchemar, dit Mme Lepic.

Et elle chantonne, à la manière des nourrices, un air berceur qui semble indien.

Du front, des genoux poussant le mur, comme s'il voulait l'abattre, les mains plaquées sur ses fesses pour parer le pinçon qui va venir au premier appel des vibrations sonores, Poil de Carotte se rendort dans le grand lit où il repose, à côté de sa mère, au fond.

SAUF VOTRE RESPECT

Peut-on, doit-on le dire ? Poil de Carotte, à l'âge où les autres communient, blancs de cœur et de corps, est resté malpropre. Une nuit, il a trop attendu, n'osant demander.

Il espérait, au moyen de tortillements gradués, calmer le malaise.

Quelle prétention !

Une autre nuit, il s'est rêvé commodément installé contre une borne, à l'écart, puis il a fait dans ses draps, tout innocent, bien endormi. Il s'éveille.

Pas plus de borne près de lui qu'à son étonnement !

Mme Lepic se garde de s'emporter. Elle nettoie, calme, indulgente, maternelle. Et même, le lendemain matin, comme un enfant gâté, Poil de Carotte déjeune avant de se lever.

Oui, on lui apporte sa soupe au lit, une soupe
soignée, où Mme Lepic, avec une palette de bois, en
a délayé un peu, oh ! très peu.

A son chevet, grand frère Félix et sœur Ernestine
observent Poil de Carotte d'un air sournois, prêts à
éclater de rire au premier signal. Mme Lepic, petite
cuillerée par petite cuillerée, donne la becquée à son
enfant. Du coin de l'œil, elle semble dire à grand
frère Félix et à sœur Ernestine :

— Attention ! préparez-vous !

— Oui, maman.

Par avance, ils s'amusent des grimaces futures. On
aurait dû inviter quelques voisins. Enfin, Mme Lepic
avec un dernier regard aux aînés comme pour leur
demander :

— Y êtes-vous ?

lève lentement, lentement la dernière cuillerée,
l'enfonce jusqu'à la gorge, dans la bouche grande
ouverte de Poil de Carotte, le bourre, le gave, et lui
dit, à la fois goguenarde et dégoûtée :

— Ah ! ma petite salissure, tu en as mangé, tu en
as mangé, et de la tienne encore, de celle d'hier.

— Je m'en doutais, répond simplement Poil de
Carotte, sans faire la figure espérée.

Il s'y habitue, et quand on s'habitue à une chose,
elle finit par n'être plus drôle du tout.

LE POT

I

Comme il lui est arrivé déjà plus d'un malheur au
lit, Poil de Carotte a bien soin de prendre ses précautions chaque soir. En été, c'est facile. A neuf heures,
quand Mme Lepic l'envoie se coucher, Poil de
Carotte fait volontiers un tour dehors ; et il passe une
nuit tranquille.

L'hiver, la promenade devient une corvée. Il a beau prendre, dès que la nuit tombe et qu'il ferme les poules, une première précaution, il ne peut espérer qu'elle suffira jusqu'au lendemain matin. On dîne, on veille, neuf heures sonnent, il y a longtemps que c'est la nuit, et la nuit va durer encore une éternité. Il faut que Poil de Carotte prenne une deuxième précaution.

Et ce soir, comme tous les soirs, il s'interroge :

— Ai-je envie ? se dit-il ; n'ai-je pas envie ?

D'ordinaire il se répond « oui », soit que, sincèrement, il ne puisse reculer, soit que la lune l'encourage par son éclat. Quelquefois M. Lepic et grand frère Félix lui donnent l'exemple. D'ailleurs la nécessité ne l'oblige pas toujours à s'éloigner de la maison, jusqu'au fossé de la rue, presque en pleine campagne. Le plus souvent il s'arrête au bas de l'escalier ; c'est selon.

Mais, ce soir, la pluie crible les carreaux, le vent a éteint les étoiles et les noyers ragent dans les prés.

— Ça se trouve bien, conclut Poil de Carotte, après avoir délibéré sans hâte, je n'ai pas envie.

Il dit bonsoir à tout le monde, allume une bougie, et gagne au fond du corridor, à droite, sa chambre nue et solitaire. Il se déshabille, se couche et attend la visite de Mme Lepic. Elle le borde serré, d'un unique renfoncement, et souffle la bougie. Elle lui laisse la bougie et ne lui laisse point d'allumettes. Et elle l'enferme à clef parce qu'il est peureux. Poil de Carotte goûte d'abord le plaisir d'être seul. Il se plaît à songer dans les ténèbres. Il repasse sa journée, se félicite de l'avoir fréquemment échappé belle, et compte, pour demain, sur une chance égale. Il se flatte que, deux jours de suite, Mme Lepic ne fera pas attention à lui, et il essaie de s'endormir avec ce rêve.

A peine a-t-il fermé les yeux qu'il éprouve un malaise connu.

— C'était inévitable, se dit Poil de Carotte.

Un autre se lèverait. Mais Poil de Carotte sait qu'il

n'y a pas de pot sous le lit. Quoique Mme Lepic puisse jurer le contraire, elle oublie toujours d'en mettre un. D'ailleurs, à quoi bon ce pot, puisque Poil de Carotte prend ses précautions ?

Et Poil de Carotte raisonne, au lieu de se lever.

— Tôt ou tard, il faudra que je cède, se dit-il. Or, plus je résiste, plus j'accumule. Mais si je fais pipi tout de suite, je ferai peu, et mes draps auront le temps de sécher à la chaleur de mon corps. Je suis sûr, par expérience, que maman n'y verra goutte.

Poil de Carotte se soulage, referme ses yeux en toute sécurité et commence un bon somme.

II

Brusquement, il s'éveille et écoute son ventre.

— Oh ! oh ! dit-il, ça se gâte !

Tout à l'heure il se croyait quitte. C'était trop de veine. Il a péché par paresse hier soir. Sa vraie punition approche.

Il s'assied sur son lit et tâche de réfléchir. La porte est fermée à clef. La fenêtre a des barreaux. Impossible de sortir.

Pourtant il se lève et va tâter la porte et les barreaux de la fenêtre. Il rampe par terre et ses mains rament sous le lit à la recherche d'un pot qu'il sait absent.

Il se couche et se lève encore. Il aime mieux remuer, marcher, trépigner que dormir et ses deux poings refoulent son ventre qui se dilate.

— Maman ! maman ! dit-il d'une voix molle, avec la crainte d'être entendu, car si Mme Lepic surgissait, Poil de Carotte, guéri net, aurait l'air de se moquer d'elle. Il ne veut que pouvoir dire demain, sans mentir, qu'il appelait.

Et comment crierait-il ? Toutes ses forces s'usent à retarder le désastre.

Bientôt une douleur suprême met Poil de Carotte en danse. Il se cogne au mur et rebondit. Il se cogne au fer du lit. Il se cogne à la chaise, il se cogne à la cheminée, dont il lève violemment le tablier et il s'abat entre les chenets, tordu, vaincu, heureux d'un bonheur absolu.

Le noir de la chambre s'épaissit.

III

Poil de Carotte ne s'est endormi qu'au petit jour, et il fait la grasse matinée, quand Mme Lepic pousse la porte et grimace, comme si elle reniflait de travers.

— Quelle drôle d'odeur ! dit-elle.

— Bonjour, maman, dit Poil de Carotte.

Mme Lepic arrache les draps, flaire les coins de la chambre et n'est pas longue à trouver.

— J'étais malade et il n'y avait pas de pot, se dépêche de dire Poil de Carotte, qui juge que c'est là son meilleur moyen de défense.

— Menteur ! menteur ! dit Mme Lepic.

Elle se sauve, rentre avec un pot qu'elle cache et qu'elle glisse prestement sous le lit, flanque Poil de Carotte debout, ameute la famille et s'écrie :

— Qu'est-ce que j'ai donc fait au Ciel pour avoir un enfant pareil ?

Et tantôt elle apporte des torchons, un seau d'eau, elle inonde la cheminée comme si elle éteignait le feu, elle secoue la literie et elle demande de l'air ! de l'air ! affairée et plaintive.

Et tantôt elle gesticule au nez de Poil de Carotte :

— Misérable ! tu perds donc le sens ! Te voilà donc dénaturé ! Tu vis donc comme les bêtes ! On donnerait un pot à une bête, qu'elle saurait s'en servir. Et toi, tu imagines de te vautrer dans les cheminées. Dieu m'est témoin que tu me rends imbécile, et que je mourrai folle, folle, folle !

Poil de Carotte, en chemise et pieds nus, regarde le pot. Cette nuit il n'y avait pas de pot, et maintenant il y a un pot, au pied du lit. Ce pot vide et blanc l'aveugle, et s'il s'obstinait encore à ne rien voir, il aurait du toupet.

Et, comme sa famille désolée, les voisins gogue-
nards qui défilent, le facteur qui vient d'arriver, le
tarabustent et le pressent de questions :

— Parole d'honneur ! répond enfin Poil de
Carotte, les yeux sur le pot, moi je ne sais plus.
Arrangez-vous.

LES LAPINS

— Il ne reste plus de melon pour toi, dit
Mme Lepic ; d'ailleurs, tu es comme moi, tu ne
l'aimes pas.

— Ça se trouve bien, se dit Poil de Carotte.

On lui impose ainsi ses goûts et ses dégoûts. En
principe, il doit aimer seulement ce qu'aime sa mère.
Quand arrive le fromage :

— Je suis bien sûre, dit Mme Lepic, que Poil de
Carotte n'en mangera pas.

Et Poil de Carotte pense :

— Puisqu'elle en est sûre, ce n'est pas la peine
d'essayer.

En outre, il sait que ce serait dangereux.

Et n'a-t-il pas le temps de satisfaire ses plus
bizarres caprices dans des endroits connus de lui
seul ? Au dessert, Mme Lepic lui dit :

— Va porter ces tranches de melon à tes lapins.

Poil de Carotte fait la commission au petit pas, en
tenant l'assiette bien horizontale afin de ne rien renverser.

A son entrée sous leur toit, les lapins, coiffés en
tapageurs [1], les oreilles sur l'oreille, le nez en l'air, les
pattes de devant raides comme s'ils allaient jouer du
tambour, s'empressent autour de lui.

---

1. Il s'agit vraisemblablement d'une coiffure des jeunes élé-
gants de l'époque.

— Oh ! attendez, dit Poil de Carotte ; un moment, s'il vous plaît, partageons.

S'étant assis d'abord sur un tas de crottes, de séneçon rongé jusqu'à la racine, de trognons de choux, de feuilles de mauves, il leur donne les graines de melon et boit le jus lui-même : c'est doux comme du vin doux.

Puis il racle avec les dents ce que sa famille a laissé aux tranches de jaune sucré, tout ce qui peut fondre encore, et il passe le vert aux lapins en rond sur leur derrière.

La porte du petit toit est fermée.

Le soleil des siestes enfile les trous des tuiles et trempe le bout de ses rayons dans l'ombre fraîche.

LA PIOCHE

Grand frère Félix et Poil de Carotte travaillent côte à côte. Chacun a sa pioche. Celle de grand frère Félix a été faite sur mesure, chez le maréchal-ferrant, avec du fer. Poil de Carotte a fait la sienne tout seul, avec du bois. Ils jardinent, abattent de la besogne et rivalisent d'ardeur. Soudain, au moment où il s'y attend le moins (c'est toujours à ce moment précis que les malheurs arrivent), Poil de Carotte reçoit un coup de pioche en plein front.

Quelques instants après, il faut transporter, coucher avec précaution, sur le lit, grand frère Félix qui vient de se trouver mal à la vue du sang de son petit frère. Toute la famille est là, debout, sur la pointe du pied, et soupire, appréhensive.

— Où sont les sels ?

— Un peu d'eau bien fraîche, s'il vous plaît, pour mouiller les tempes.

Poil de Carotte monte sur une chaise afin de voir par-dessus les épaules, entre les têtes. Il a le front bandé d'un linge déjà rouge, où le sang suinte et s'écarte.

M. Lepic lui a dit :

— Tu t'es joliment fait moucher !

Et sa sœur Ernestine, qui a pansé la blessure :

— C'est entré comme dans du beurre.

Il n'a pas crié, car on lui a fait observer que cela ne sert à rien.

Mais voici que grand frère Félix ouvre un œil, puis l'autre. Il en est quitte pour la peur, et comme son teint graduellement se colore, l'inquiétude, l'effroi se retirent des cœurs.

— Toujours le même, donc ! dit Mme Lepic à Poil de Carotte ; tu ne pouvais pas faire attention, petit imbécile !

LA CARABINE

M. Lepic dit à ses fils :

— Vous avez assez d'une carabine pour deux. Des frères qui s'aiment mettent tout en commun.

— Oui, papa, répond grand frère Félix, nous nous partagerons la carabine. Et même il suffira que Poil de Carotte me la prête de temps en temps.

Poil de Carotte ne dit ni oui ni non, il se méfie.

M. Lepic tire du fourreau vert la carabine et demande :

— Lequel des deux la portera le premier ? Il semble que ce doit être l'aîné.

GRAND FRÈRE FÉLIX

Je cède l'honneur à Poil de Carotte. Qu'il commence !

MONSIEUR LEPIC

Félix, tu te conduis gentiment ce matin. Je m'en souviendrai.

M. Lepic installe la carabine sur l'épaule de Poil de Carotte.

MONSIEUR LEPIC

Allez, mes enfants, amusez-vous sans vous disputer.

POIL DE CAROTTE

Emmène-t-on le chien ?

MONSIEUR LEPIC

Inutile. Vous ferez le chien chacun à votre tour. D'ailleurs, des chasseurs comme vous ne blessent pas : ils tuent raide.

Poil de Carotte et grand frère Félix s'éloignent. Leur costume simple est celui de tous les jours. Ils regrettent de n'avoir pas de bottes, mais M. Lepic leur déclare souvent que le vrai chasseur les méprise. La culotte du vrai chasseur traîne sur ses talons. Il ne la retrousse jamais. Il marche ainsi dans la patouille[1], les terres labourées, et des bottes se forment bientôt, montent jusqu'aux genoux, solides, naturelles, que la servante a la consigne de respecter[2].

— Je pense que tu ne reviendras pas bredouille, dit grand frère Félix.

— J'ai bon espoir, dit Poil de Carotte.

Il éprouve une démangeaison au défaut de l'épaule et se refuse d'y coller la crosse de son arme à feu.

— Hein ! dit grand frère Félix, je te la laisse porter tout ton soûl !

— Tu es mon frère, dit Poil de Carotte.

Quand une bande de moineaux s'envole, il s'arrête et fait signe à grand frère Félix de ne plus bouger. La bande passe d'une haie à l'autre. Le dos voûté, les deux chasseurs s'approchent sans bruit, comme si

1. Boue gluante et bruyante.
2. Voir plus loin « Le Programme », p. 57.

les moineaux dormaient. La bande tient mal, et pépiante, va se poser ailleurs. Les deux chasseurs se redressent ; grand frère Félix jette des insultes. Poil de Carotte, bien que son cœur batte, paraît moins impatient. Il redoute l'instant où il devra prouver son adresse.

S'il manquait ! Chaque retard le soulage.

Or, cette fois, les moineaux semblent l'attendre.

GRAND FRÈRE FÉLIX

Ne tire pas, tu es trop loin.

POIL DE CAROTTE

Crois-tu ?

GRAND FRÈRE FÉLIX

Pardine ! Ça trompe de se baisser. On se figure qu'on est dessus ; on en est très loin.

Et grand frère Félix se démasque afin de montrer qu'il a raison. Les moineaux, effrayés, repartent.

Mais il en reste un, au bout d'une branche qui plie et le balance. Il hoche la queue, remue la tête, offre son ventre.

POIL DE CAROTTE

Vraiment, je peux le tirer, celui-là, j'en suis sûr.

GRAND FRÈRE FÉLIX

Ôte-toi voir. Oui, en effet, tu l'as beau [1]. Vite, prête-moi ta carabine.

Et déjà Poil de Carotte, les mains vides, désarmé, bâille : à sa place, devant lui, grand frère Félix épaule, vise, tire, et le moineau tombe.

C'est comme un tour d'escamotage. Poil de Carotte tout à l'heure serrait la carabine sur son cœur. Brusquement, il l'a perdue, et maintenant, il la retrouve, car grand frère Félix vient de la lui rendre, puis, faisant le chien, court ramasser le moineau et dit :

— Tu n'en finis pas, il faut te dépêcher un peu.

---

1. Expression familière que Littré signale dans Saint-Simon avec le sens de : « avoir l'occasion favorable ».

POIL DE CAROTTE

Un peu beaucoup.

GRAND FRÈRE FÉLIX

Bon, tu boudes !

POIL DE CAROTTE

Dame, veux-tu que je chante ?

GRAND FRÈRE FÉLIX

Mais puisque nous avons le moineau, de quoi te plains-tu ? Imagine-toi que nous pouvions le manquer.

POIL DE CAROTTE

Oh ! moi...

GRAND FRÈRE FÉLIX

Toi ou moi, c'est la même chose. Je l'ai tué aujourd'hui, tu le tueras demain.

POIL DE CAROTTE

Ah ! demain.

GRAND FRÈRE FÉLIX

Je te le promets.

POIL DE CAROTTE

Je sais ! tu me le promets, la veille.

GRAND FRÈRE FÉLIX

Je te le jure ; es-tu content ?

POIL DE CAROTTE

Enfin !... Mais si tout de suite nous cherchions un autre moineau ; j'essaierais la carabine.

GRAND FRÈRE FÉLIX

Non, il est trop tard. Rentrons, pour que maman fasse cuire celui-ci. Je te le donne. Fourre-le dans ta poche, gros bête, et laisse passer le bec.

Les deux chasseurs retournent à la maison. Parfois ils rencontrent un paysan qui les salue et dit :

— Garçons, vous n'avez pas tué le père, au moins ?

Poil de Carotte, flatté, oublie sa rancune. Ils arrivent, raccommodés, triomphants, et M. Lepic, dès qu'il les aperçoit, s'étonne :

— Comment, Poil de Carotte, tu portes encore la carabine ! Tu l'as donc portée tout le temps ?

— Presque, dit Poil de Carotte.

LA TAUPE

Poil de Carotte trouve dans son chemin une taupe, noire comme un ramonat[1]. Quand il a bien joué avec, il se décide à la tuer. Il la lance en l'air plusieurs fois, adroitement, afin qu'elle puisse retomber sur une pierre.

D'abord, tout va bien et rondement.

Déjà la taupe s'est brisé les pattes, fendu la tête, cassé le dos, et elle semble n'avoir pas la vie dure.

Puis, stupéfait, Poil de Carotte s'aperçoit qu'elle s'arrête de mourir. Il a beau la lancer assez haut pour couvrir une maison, jusqu'au ciel, ça n'avance plus.

— Mâtin de mâtin ! elle n'est pas morte, dit-il.

En effet, sur la pierre tachée de sang, la taupe se pétrit ; son ventre plein de graisse tremble comme une gelée, et, par ce tremblement, donne l'illusion de la vie.

— Mâtin de mâtin ! crie Poil de Carotte qui s'acharne, elle n'est pas encore morte !

Il la ramasse, l'injurie et change de méthode.

Rouge, les larmes aux yeux, il crache sur la taupe

1. Ramoneur.

et la jette de toutes ses forces, à bout portant, contre la pierre.

Mais le ventre informe bouge toujours.

Et plus Poil de Carotte enragé tape, moins la taupe lui paraît mourir.

LA LUZERNE

Poil de Carotte et grand frère Félix reviennent de vêpres[1] et se hâtent d'arriver à la maison, car c'est l'heure du goûter de quatre heures.

Grand frère Félix aura une tartine de beurre ou de confitures, et Poil de Carotte une tartine de rien, parce qu'il a voulu faire l'homme trop tôt, et déclaré, devant témoins, qu'il n'est pas gourmand. Il aime les choses nature, mange d'ordinaire son pain sec avec affectation et, ce soir encore, marche plus vite que grand frère Félix, afin d'être servi le premier.

Parfois le pain sec semble dur. Alors Poil de Carotte se jette dessus, comme on attaque un ennemi, l'empoigne, lui donne des coups de dent, des coups de tête, le morcelle, et fait voler des éclats. Rangés autour de lui, ses parents le regardent avec curiosité.

Son estomac d'autruche digérerait des pierres, un vieux sou taché de vert-de-gris.

En résumé, il ne se montre point difficile à nourrir.

Il pèse sur le loquet de la porte. Elle est fermée.

— Je crois que nos parents n'y sont pas. Frappe du pied, toi, dit-il.

Grand frère Félix, jurant le nom de Dieu, se préci-

1. Jules Renard et son frère ont été baptisés et élevés dans la religion catholique bien que leur père, franc-maçon, eût été reçu maître à l'Orient de Montereau. Tous trois seront enterrés civilement.

pite sur la lourde porte garnie de clous et la fait longtemps retentir. Puis tous deux, unissant leurs efforts, se meurtrissent en vain les épaules.

POIL DE CAROTTE

Décidément, ils n'y sont pas.

GRAND FRÈRE FÉLIX

Mais où sont-ils ?

POIL DE CAROTTE

On ne peut pas tout savoir. Asseyons-nous.

Les marches de l'escalier froides sous leurs fesses, ils se sentent une faim inaccoutumée. Par des bâillements, des chocs de poing au creux de la poitrine, ils en expriment toute la violence.

GRAND FRÈRE FÉLIX

S'ils s'imaginent que je les attendrai !

POIL DE CAROTTE

C'est pourtant ce que nous avons de mieux à faire.

GRAND FRÈRE FÉLIX

Je ne les attendrai pas. Je ne veux pas mourir de faim, moi. Je veux manger tout de suite, n'importe quoi, de l'herbe.

POIL DE CAROTTE

De l'herbe ! c'est une idée, et nos parents seront attrapés.

GRAND FRÈRE FÉLIX

Dame ! on mange bien de la salade. Entre nous, de la luzerne, par exemple, c'est aussi tendre que de la salade. C'est de la salade sans l'huile et le vinaigre.

POIL DE CAROTTE

On n'a pas besoin de la retourner.

GRAND FRÈRE FÉLIX

Veux-tu parier que j'en mange, moi, de la luzerne, et que tu n'en manges pas, toi ?

POIL DE CAROTTE

Pourquoi toi et pas moi ?

GRAND FRÈRE FÉLIX

Blague à part, veux-tu parier ?

POIL DE CAROTTE

Mais si d'abord nous demandions aux voisins chacun une tranche de pain avec du lait caillé pour
écarter dessus ?

GRAND FRÈRE FÉLIX

Je préfère la luzerne.

POIL DE CAROTTE

Partons !
Bientôt le champ de luzerne déploie sous leurs
yeux sa verdure appétissante. Dès l'entrée, ils se
réjouissent de traîner les souliers, d'écraser les tiges
molles, de marquer d'étroits chemins qui inquiéte-
ront longtemps et feront dire :
— Quelle bête a passé par ici ?
A travers leurs culottes, une fraîcheur pénètre
jusqu'aux mollets peu à peu engourdis.
Ils s'arrêtent au milieu du champ et se laissent
tomber à plat ventre.
— On est bien, dit grand frère Félix.
Le visage chatouillé, ils rient comme autrefois
quand ils couchaient ensemble dans le même lit et
que M. Lepic leur criait de la chambre voisine :
— Dormirez-vous, sales gars ?
Ils oublient leur faim et se mettent à nager en
marin, en chien, en grenouille. Les deux têtes seules
émergent. Ils coupent de la main, refoulent du pied
les petites vagues vertes aisément brisées. Mortes,
elles se referment plus [1].
— J'en ai jusqu'au menton, dit grand frère Félix.

1. L'édition du Mercure de France en 1894 donne « ne se
reforment plus ». Il semble permis d'hésiter entre les deux textes.

— Regarde comme j'avance, dit Poil de Carotte.

Ils doivent se reposer, savourer avec plus de calme leur bonheur.

Accoudés, ils suivent du regard les galeries soufflées que creusent les taupes et qui zigzaguent à fleur de sol, comme à fleur de peau les veines des vieillards. Tantôt ils les perdent de vue, tantôt elles débouchent dans une clairière, où la cuscute rongeuse, parasite méchant, choléra des bonnes luzernes, étend sa barbe de filaments roux. Les taupinières y forment un minuscule village de huttes dressées à la mode indienne.

— Ce n'est pas tout ça, dit grand frère Félix, mangeons. Je commence. Prends garde de toucher à ma portion.

Avec son bras comme rayon, il décrit un arc de cercle.

— J'ai assez du reste, dit Poil de Carotte.

Les deux têtes disparaissent. Qui les devinerait ?

Le vent souffle de douces haleines, retourne les minces feuilles de luzerne, en montre les dessous pâles, et le champ tout entier est parcouru de frissons.

Grand frère Félix arrache des brassées de fourrage, s'en enveloppe la tête, feint de se bourrer, imite le bruit de mâchoires d'un veau inexpérimenté qui se gonfle. Et tandis qu'il fait semblant de dévorer tout, les racines même, car il connaît la vie, Poil de Carotte le prend au sérieux et, plus délicat, ne choisit que les belles feuilles.

Du bout de son nez il les courbe, les amène à sa bouche et les mâche posément.

Pourquoi se presser ?

La table n'est pas louée. La foire n'est pas sur le pont.

Et les dents crissantes, la langue amère, le cœur soulevé, il avale, se régale.

LA TIMBALE

Poil de Carotte ne boira plus à table. Il perd l'habitude de boire, en quelques jours, avec une facilité qui surprend sa famille et ses amis. D'abord, il dit un matin à Mme Lepic qui lui verse du vin comme d'ordinaire :

— Merci, maman, je n'ai pas soif.

Au repas du soir, il dit encore :

— Merci, maman, je n'ai pas soif.

— Tu deviens économique, dit Mme Lepic. Tant mieux pour les autres.

Ainsi il reste toute cette première journée sans boire, parce que la température est douce et que simplement il n'a pas soif.

Le lendemain, Mme Lepic, qui met le couvert, lui demande :

— Boiras-tu aujourd'hui, Poil de Carotte ?

— Ma foi, dit-il, je n'en sais rien.

— Comme il te plaira, dit Mme Lepic ; si tu veux ta timbale, tu iras la chercher dans le placard.

Il ne va pas la chercher. Est-ce caprice, oubli ou peur de se servir soi-même ?

On s'étonne déjà :

— Tu te perfectionnes, dit Mme Lepic ; te voilà une faculté de plus.

— Une rare, dit M. Lepic. Elle te servira surtout plus tard, si tu te trouves seul, égaré dans un désert, sans chameau.

Grand frère Félix et sœur Ernestine parient :

SŒUR ERNESTINE

Il restera une semaine sans boire.

GRAND FRÈRE FÉLIX

Allons donc, s'il tient trois jours, jusqu'à dimanche, ce sera beau.

— Mais, dit Poil de Carotte qui sourit finement, je ne boirai plus jamais, si je n'ai jamais soif. Voyez les lapins et les cochons d'Inde, leur trouvez-vous du mérite ?

— Un cochon d'Inde et toi, ça fait deux, dit grand frère Félix.

Poil de Carotte, piqué, leur montrera ce dont il est

capable. Mme Lepic continue d'oublier sa timbale. Il
se défend de la réclamer. Il accepte avec une égale
indifférence les ironiques compliments et les témoi-
gnages d'admiration sincère.

— Il est malade ou fou, disent les uns.

Les autres disent :

— Il boit en cachette.

Mais tout nouveau, tout beau. Le nombre de fois
que Poil de Carotte tire la langue, pour prouver
qu'elle n'est point sèche, diminue peu à peu.

Parents et voisins se blasent. Seuls quelques étrangers lèvent encore les bras au ciel, quand on les met
au courant :

— Vous exagérez : nul n'échappe aux exigences de
la nature.

Le médecin consulté déclare que le cas lui semble
bizarre, mais qu'en somme rien n'est impossible.

Et Poil de Carotte surpris, qui craignait de souf-
frir, reconnaît qu'avec un entêtement régulier, on
fait ce qu'on veut. Il avait cru s'imposer une privation douloureuse, accomplir un tour de force, et il
se sent même pas incommodé. Il se porte mieux
qu'avant. Que ne peut-il vaincre sa faim comme sa
soif ! Il jeûnerait, il vivrait d'air.

Il ne se souvient même plus de sa timbale. Longtemps elle est inutile. Puis la servante Honorine a
l'idée de l'emplir de tripoli rouge pour nettoyer les
chandeliers.

LA MIE DE PAIN

M. Lepic, s'il est d'humeur gaie, ne dédaigne pas
d'amuser lui-même ses enfants. Il leur raconte des
histoires dans les allées du jardin, et il arrive que
grand frère Félix et Poil de Carotte se roulent par
terre, tant ils rient. Ce matin, ils n'en peuvent plus.

Mais sœur Ernestine vient leur dire que le déjeuner est servi, et les voilà calmés. A chaque réunion de famille, les visages se renfrognent.

On déjeune, comme d'habitude, vite et sans souffler, et déjà rien n'empêcherait de passer la table à d'autres, si elle était louée, quand Mme Lepic dit :

— Veux-tu me donner une mie de pain, s'il te plaît, pour finir ma compote ?

A qui s'adresse-t-elle ?

Le plus souvent, Mme Lepic se sert seule, et elle ne parle qu'au chien. Elle le renseigne sur le prix des légumes, et lui explique la difficulté, par le temps qui court, de nourrir avec peu d'argent six personnes et une bête.

— Non, dit-elle à Pyrame qui grogne d'amitié et bat le paillasson de sa queue, tu ne sais pas le mal que j'ai à tenir cette maison. Tu te figures, comme les hommes, qu'une cuisinière a tout pour rien. Ça t'est bien égal que le beurre augmente et que les œufs soient inabordables.

Or, cette fois, Mme Lepic fait événement. Par exception, elle s'adresse à M. Lepic d'une manière directe. C'est à lui, bien à lui qu'elle demande une mie de pain pour finir sa compote. Nul ne peut en douter. D'abord elle le regarde. Ensuite M. Lepic a le pain près de lui. Étonné, il hésite, puis, du bout des doigts, il prend au creux de son assiette une mie de pain, et, sérieux, noir, il la jette à Mme Lepic.

Farce ou drame ? Qui le sait ?

Sœur Ernestine, humiliée pour sa mère, a vaguement le trac.

— Papa est dans un de ses bons jours, se dit grand frère Félix qui galope, effréné, sur les bâtons de sa chaise.

Quant à Poil de Carotte hermétique, des bousilles[1] aux lèvres, l'oreille pleine de rumeurs et les joues gonflées de pommes cuites, il se contient, mais il va péter, si Mme Lepic ne quitte à l'instant la table,

1. Petites bulles de salive.

parce qu'au nez de ses fils et de sa fille on la traite comme la dernière des dernières !

LA TROMPETTE

M. Lepic arrive de Paris ce matin même. Il ouvre sa malle. Des cadeaux en sortent pour grand frère Félix et sœur Ernestine, de beaux cadeaux, dont précisément (comme c'est drôle !) ils ont rêvé toute la nuit. Ensuite M. Lepic, les mains derrière son dos, regarde malignement Poil de Carotte et lui dit :

— Et toi, qu'est-ce que tu aimes le mieux : une trompette ou un pistolet ?

En vérité, Poil de Carotte est plutôt prudent que téméraire. Il préférerait une trompette, parce que ça ne part pas dans les mains ; mais il a toujours entendu dire qu'un garçon de sa taille ne peut jouer sérieusement qu'avec des armes, des sabres, des engins de guerre. L'âge lui est venu de renifler de la poudre et d'exterminer des choses. Son père connaît les enfants : il a apporté ce qu'il faut.

— J'aime mieux un pistolet, dit-il hardiment, sûr de deviner.

Il va même un peu loin et ajoute :

— Ce n'est plus la peine de le cacher ; je le vois !

— Ah ! dit M. Lepic embarrassé, tu aimes mieux un pistolet ! tu as donc bien changé ?

Tout de suite Poil de Carotte se reprend :

— Mais non, va, mon papa, c'était pour rire. Sois tranquille, je les déteste, les pistolets. Donne-moi vite ma trompette, que je te montre comme ça m'amuse de souffler dedans.

MADAME LEPIC

Alors pourquoi mens-tu ? pour faire de la peine à ton père, n'est-ce pas ? Quand on aime les trompettes, on ne dit pas qu'on aime les pistolets, et surtout on ne dit pas qu'on voit des pistolets, quand on ne voit rien. Aussi, pour t'apprendre, tu n'auras ni pistolet ni trompette. Regarde-la bien : elle a trois pompons rouges et un drapeau à franges d'or. Tu l'as assez regardée. Maintenant, va voir à la cuisine si j'y suis ; déguerpis, trotte et flûte dans tes doigts.

Tout en haut de l'armoire, sur une pile de linge blanc, roulée dans ses trois pompons rouges et son drapeau à franges d'or, la trompette de Poil de Carotte attend qui souffle, imprenable, invisible, muette, comme celle du Jugement dernier.

LA MÈCHE

Le dimanche, Mme Lepic exige que ses fils aillent à la messe[1]. On les fait beaux et sœur Ernestine préside elle-même à leur toilette, au risque d'être en retard pour la sienne. Elle choisit les cravates, lime les ongles, distribue les paroissiens et donne le plus gros à Poil de Carotte. Mais surtout elle pommade ses frères.

C'est une rage qu'elle a.

Si Poil de Carotte, comme un Jean Fillou[2], se laisse faire, grand frère Félix prévient sa sœur qu'il finira par se fâcher : aussi elle triche :

— Cette fois, dit-elle, je me suis oubliée, je ne l'ai pas fait exprès, et je te jure qu'à partir de dimanche prochain, tu n'en auras plus.

Et toujours elle réussit à lui en mettre un doigt.

— Il arrivera malheur, dit grand frère Félix.

Ce matin, roulé dans sa serviette, la tête basse, comme sœur Ernestine ruse encore, il ne s'aperçoit de rien.

1. Voir note 1, page 33.
2. Un nigaud.

— Là, dit-elle, je t'obéis, tu ne bougonneras point, regarde le pot fermé sur la cheminée. Suis-je gentille ? D'ailleurs, je n'ai aucun mérite. Il faudrait du ciment pour Poil de Carotte, mais avec toi, la pommade est inutile. Tes cheveux frisent et bouffent tout seuls. Ta tête ressemble à un chou-fleur et cette raie durera jusqu'à la nuit.

— Je te remercie, dit grand frère Félix.

Il se lève sans défiance. Il néglige de vérifier comme d'ordinaire, en passant sa main sur ses cheveux.

Sœur Ernestine achève de l'habiller, le pomponne et lui met des gants de filoselle blanche.

— Ça y est ? dit grand frère Félix.

— Tu brilles comme un prince, dit sœur Ernestine, il ne te manque que ta casquette. Va la chercher dans l'armoire.

Mais grand frère Félix se trompe. Il passe devant l'armoire. Il court au buffet, l'ouvre, empoigne une carafe pleine d'eau et la vide sur sa tête, avec tranquillité.

— Je t'avais prévenue, ma sœur, dit-il. Je n'aime pas qu'on se moque de moi. Tu es encore trop petite pour rouler un vieux de la vieille. Si jamais tu recommences, j'irai noyer ta pommade dans la rivière.

Ses cheveux aplatis, son costume du dimanche ruissellent, et tout trempé, il attend qu'on le change ou que le soleil le sèche, au choix : ça lui est égal.

— Quel type ! se dit Poil de Carotte, immobile d'admiration. Il ne craint personne, et si j'essayais de l'imiter, on rirait bien. Mieux vaut laisser croire que je ne déteste pas la pommade.

Mais tandis que Poil de Carotte se résigne d'un cœur habitué, ses cheveux le vengent à son insu.

Couchés de force, quelque temps, sous la pommade, ils font les morts ; puis ils se dégourdissent, et par une invisible poussée, bossellent leur léger moule luisant, le fendillent, le crèvent.

On dirait un chaume qui dégèle.

Et bientôt la première mèche se dresse en l'air, droite, libre.

LE BAIN

Comme quatre heures vont bientôt sonner, Poil de Carotte, fébrile, réveille M. Lepic et grand frère Félix qui dorment sous les noisetiers du jardin.

— Partons-nous ? dit-il.

GRAND FRÈRE FÉLIX

Allons-y, porte les caleçons !

MONSIEUR LEPIC

Il doit faire encore trop chaud.

GRAND FRÈRE FÉLIX

Moi, j'aime quand il y a du soleil.

POIL DE CAROTTE

Et tu seras mieux, papa, au bord de l'eau qu'ici. Tu te coucheras sur l'herbe.

MONSIEUR LEPIC

Marchez devant, et doucement, de peur d'attraper la mort.

Mais Poil de Carotte modère son allure à grand-peine et se sent des fourmis dans les pieds. Il porte sur l'épaule son caleçon sévère et sans dessin et le caleçon rouge et bleu de grand frère Félix. La figure animée, il bavarde, il chante pour lui seul et il saute après les branches. Il nage dans l'air et il dit à grand frère Félix :

— Crois-tu qu'elle sera bonne, hein ? Ce qu'on va gigoter !

— Un malin ! répond grand frère Félix, dédaigneux et fixé.

En effet, Poil de Carotte se calme tout à coup.

Il vient d'enjamber, le premier, avec légèreté, un petit mur de pierres sèches, et la rivière brusquement apparue coule devant lui. L'instant est passé de rire.

Des reflets glacés miroitent sur l'eau enchantée.

Elle clapote comme des dents claquent et exhale une odeur fade.

Il s'agit d'entrer là-dedans, d'y séjourner et de s'y occuper, tandis que M. Lepic comptera sur sa montre le nombre de minutes réglementaire. Poil de Carotte frissonne. Une fois de plus son courage, qu'il excitait pour le faire durer, lui manque au bon moment, et la vue de l'eau, attirante de loin, le met en détresse.

Poil de Carotte commence de se déshabiller, à l'écart. Il veut moins cacher sa maigreur et ses pieds, que trembler seul, sans honte.

Il ôte ses vêtements un à un et les plie avec soin sur l'herbe. Il noue ses cordons de soulier et n'en finit plus de les dénouer.

Il met son caleçon, enlève sa chemise courte et, comme il transpire, pareil au sucre de pomme qui poisse dans sa ceinture de papier, il attend encore un peu.

Déjà grand frère Félix a pris possession de la rivière et la saccage en maître. Il la bat à tour de bras, la frappe du talon, la fait écumer, et, terrible au milieu, chasse vers les bords le troupeau des vagues courroucées.

— Tu n'y penses plus, Poil de Carotte ? demande M. Lepic.

— Je me séchais, dit Poil de Carotte.

Enfin il se décide, il s'assied par terre, et tâte l'eau d'un orteil que ses chaussures trop étroites ont écrasé. En même temps, il se frotte l'estomac qui peut-être n'a pas fini de digérer. Puis il se laisse glisser le long des racines.

Elles lui égratignent les mollets, les cuisses, les fesses. Quand il a de l'eau jusqu'au ventre, il va

remonter et se sauver. Il lui semble qu'une ficelle
mouillée s'enroule peu à peu autour de son corps,
comme autour d'une toupie. Mais la motte où il
s'appuie cède, et Poil de Carotte tombe, disparaît,
barbote et se redresse, toussant, crachant, suffoqué,
aveuglé, étourdi.

— Tu plonges bien, mon garçon, lui dit M. Lepic.

— Oui, dit Poil de Carotte, quoique je n'aime pas
beaucoup ça. L'eau reste dans mes oreilles, et j'aurai
mal à la tête.

Il cherche un endroit où il puisse apprendre à
nager, c'est-à-dire faire aller ses bras, tandis que ses
genoux marcheront sur le sable.

— Tu te presses trop, lui dit M. Lepic. N'agite
donc pas tes poings fermés, comme si tu t'arrachais
les cheveux. Remue tes jambes qui ne font rien.

— C'est plus difficile de nager sans se servir des
jambes, dit Poil de Carotte.

Mais grand frère Félix l'empêche de s'appliquer et
le dérange toujours.

— Poil de Carotte, viens ici. Il y en a plus creux. Je
perds pied, j'enfonce. Regarde donc. Tiens : tu me
vois. Attention : tu ne me vois plus. A présent, mets-
toi là vers le saule. Ne bouge pas. Je parie de te
rejoindre en dix brassées.

— Je compte, dit Poil de Carotte grelottant, les
épaules hors de l'eau, immobile comme une vraie
borne.

De nouveau, il s'accroupit pour nager. Mais grand
frère Félix lui grimpe sur le dos, pique une tête et
dit :

— A ton tour, si tu veux, grimpe sur le mien.

— Laisse-moi prendre ma leçon tranquille, dit
Poil de Carotte.

— C'est bon, crie M. Lepic, sortez. Venez boire
chacun une goutte de rhum.

— Déjà ! dit Poil de Carotte.

Maintenant il ne voudrait plus sortir. Il n'a pas
assez profité de son bain. L'eau qu'il faut quitter
cesse de lui faire peur. De plomb tout à l'heure, à

présent de plume, il s'y débat avec une sorte de vaillance frénétique, défiant le danger, prêt à risquer sa vie pour sauver quelqu'un, et il disparaît même volontairement sous l'eau, afin de goûter l'angoisse de ceux qui se noient.

— Dépêche-toi, s'écrie M. Lepic, ou grand frère Félix boira tout le rhum.

Bien que Poil de Carotte n'aime pas le rhum, il dit :

— Je ne donne ma part à personne.

Et il la boit comme un vieux soldat.

MONSIEUR LEPIC

Tu t'es mal lavé, il reste de la crasse à tes chevilles.

POIL DE CAROTTE

C'est de la terre, papa.

MONSIEUR LEPIC

Non, c'est de la crasse.

POIL DE CAROTTE

Veux-tu que je retourne, papa ?

MONSIEUR LEPIC

Tu ôteras ça demain, nous reviendrons.

POIL DE CAROTTE

Veine ! Pourvu qu'il fasse beau !

Il s'essuie du bout du doigt, avec les coins secs de la serviette que grand frère Félix n'a pas mouillés, et la tête lourde, la gorge raclée, il rit aux éclats, tant son frère et M. Lepic plaisantent drôlement ses orteils boudinés.

HONORINE

MADAME LEPIC

Quel âge avez-vous donc, déjà, Honorine ?

HONORINE

Soixante-sept ans depuis la Toussaint, madame Lepic.

MADAME LEPIC

Vous voilà vieille, ma pauvre vieille !

HONORINE

Ça ne prouve rien, quand on peut travailler. Jamais je n'ai été malade. Je crois les chevaux moins durs que moi.

MADAME LEPIC

Voulez-vous que je vous dise une chose, Honorine ? Vous mourrez tout d'un coup. Quelque soir, en revenant de la rivière, vous sentirez votre hotte plus écrasante, votre brouette plus lourde à pousser que les autres soirs ; vous tomberez à genoux entre les brancards, le nez sur votre linge mouillé, et vous serez perdue. On vous relèvera morte.

HONORINE

Vous me faites rire, madame Lepic ; n'ayez crainte ; la jambe et le bras vont encore.

MADAME LEPIC

Vous vous courbez un peu, il est vrai, mais quand le dos s'arrondit, on lave avec moins de fatigue dans les reins. Quel dommage que votre vue baisse ! Ne dites pas non, Honorine ! Depuis quelque temps, je le remarque.

HONORINE

Oh ! j'y vois clair comme à mon mariage.

MADAME LEPIC

Bon ! ouvrez le placard, et donnez-moi une assiette, n'importe laquelle. Si vous essuyez comme il faut votre vaisselle, pourquoi cette buée ?

HONORINE

Il y a de l'humidité dans le placard.

MADAME LEPIC

Y a-t-il aussi, dans le placard, des doigts qui se promènent sur les assiettes ? Regardez cette trace.

HONORINE

Où donc, s'il vous plaît, madame ? Je ne vois rien.

MADAME LEPIC

C'est ce que je vous reproche, Honorine. Entendez-moi. Je ne dis pas que vous vous relâchez, j'aurais tort ; je ne connais point de femme au pays qui vous vaille par l'énergie ; seulement vous vieillissez. Moi aussi, je vieillis ; nous vieillissons tous, et il arrive que la bonne volonté ne suffit plus. Je parie que des fois vous sentez une espèce de toile sur vos yeux. Et vous avez beau les frotter, elle reste.

HONORINE

Pourtant, je les écarquille bien et je ne vois pas trouble comme si j'avais la tête dans un seau d'eau.

MADAME LEPIC

Si, si, Honorine, vous pouvez me croire. Hier encore, vous avez donné à M. Lepic un verre sale. Je n'ai rien dit, par peur de vous chagriner en provoquant une histoire. M. Lepic, non plus, n'a rien dit. Il ne dit jamais rien, mais rien ne lui échappe. On s'imagine qu'il est indifférent : erreur ! Il observe, et tout se grave derrière son front. Il a simplement repoussé du doigt votre verre, et il a eu le courage de déjeuner sans boire. Je souffrais pour vous et lui.

HONORINE

Diable aussi que M. Lepic se gêne avec sa domestique ! Il n'avait qu'à parler et je lui changeais son verre.

MADAME LEPIC

Possible, Honorine, mais de plus malignes que vous ne font pas parler M. Lepic décidé à se taire. J'y ai renoncé moi-même. D'ailleurs la question n'est pas là. Je me résume : votre vue faiblit chaque jour un peu. S'il n'y a que demi-mal, quand il s'agit d'un gros ouvrage, d'une lessive, les ouvrages de finesse ne sont plus votre affaire. Malgré le surcroît de dépense, je chercherais volontiers quelqu'un pour vous aider...

HONORINE

Je ne m'accorderais jamais avec une autre femme dans mes jambes, madame Lepic.

MADAME LEPIC

J'allais le dire. Alors quoi ? Franchement, que me conseillez-vous ?

HONORINE

Ça marchera bien ainsi jusqu'à ma mort.

MADAME LEPIC

Votre mort ! Y songez-vous, Honorine ? Capable de nous enterrer tous, comme je le souhaite, supposez-vous que je compte sur votre mort ?

HONORINE

Vous n'avez peut-être pas l'intention de me renvoyer à cause d'un coup de torchon de travers. D'abord je ne quitte votre maison que si vous me jetez à la porte. Et une fois dehors, il faudra donc crever ?

MADAME LEPIC

Qui parle de vous renvoyer, Honorine ? Vous voilà toute rouge. Nous causons l'une avec l'autre, amicalement, et puis vous vous fâchez, vous dites des bêtises plus grosses que l'église.

HONORINE

Dame ! est-ce que je sais, moi ?

MADAME LEPIC

Et moi ? Vous ne perdez la vue ni par votre faute, ni par la mienne. J'espère que le médecin vous guérira. Ça arrive. En attendant, laquelle de nous deux est la plus embarrassée ? Vous ne soupçonnez même pas que vos yeux prennent la maladie. Le ménage en souffre. Je vous avertis par charité, pour prévenir des accidents, et aussi parce que j'ai le droit, il me semble, de faire, avec douceur, une observation.

HONORINE

Tant que vous voudrez. Faites à votre aise, madame Lepic. Un moment je me voyais dans la rue ; vous me rassurez. De mon côté, je surveillerai mes assiettes, je le garantis.

MADAME LEPIC

Est-ce que je demande autre chose ? Je vaux mieux que ma réputation, Honorine, et je ne me priverai de vos services que si vous m'y obligez absolument.

HONORINE

Dans ce cas-là, madame Lepic, ne soufflez mot. Maintenant je me crois utile et je crierais à l'injustice si vous me chassiez. Mais le jour où je m'apercevrai que je deviens à charge et que je ne sais même plus faire chauffer une marmite d'eau sur le feu, je m'en irai tout de suite, toute seule, sans qu'on me pousse.

MADAME LEPIC

Et sans oublier, Honorine, que vous trouverez toujours un restant de soupe à la maison.

HONORINE

Non, madame Lepic, point de soupe ; seulement du pain. Depuis que la mère Maïtte ne mange que du pain, elle ne veut pas mourir.

MADAME LEPIC

Et savez-vous qu'elle a au moins cent ans ? et savez-vous encore une chose, Honorine ? les mendiants sont plus heureux que nous, c'est moi qui vous le dis.

HONORINE

Puisque vous le dites, je dis comme vous, madame Lepic.

LA MARMITE

Elles sont rares pour Poil de Carotte, les occasions de se rendre utile à sa famille. Tapi dans un coin, il les attend au passage. Il peut écouter, sans opinion préconçue, et, le moment venu, sortir de l'ombre, et, comme une personne réfléchie, qui seule garde toute sa tête au milieu de gens que les passions troublent, prendre en main la direction des affaires.

Or il devine que Mme Lepic a besoin d'un aide intelligent et sûr. Certes, elle ne l'avouera pas, trop fière. L'accord se fera tacitement, et Poil de Carotte devra agir sans être encouragé, sans espérer une récompense.

Il s'y décide.

Du matin au soir, une marmite pend à la crémaillère de la cheminée. L'hiver, où il faut beaucoup d'eau chaude, on la remplit et on la vide souvent, et elle bouillonne sur un grand feu.

L'été, on n'use de son eau qu'après chaque repas, pour laver la vaisselle, et le reste du temps, elle bout sans utilité, avec un petit sifflement continu, tandis que sous son ventre fendillé, deux bûches fument, presque éteintes.

Parfois Honorine n'entend plus siffler. Elle se penche et prête l'oreille.

— Tout s'est évaporé, dit-elle.

Elle verse un seau d'eau dans la marmite, rapproche les deux bûches et remue la cendre. Bientôt le doux chantonnement recommence et Honorine tranquillisée va s'occuper ailleurs.

On lui dirait :

— Honorine, pourquoi faites-vous chauffer de l'eau qui ne vous sert plus ? Enlevez donc votre marmite ; éteignez le feu. Vous brûlez du bois comme s'il ne coûtait rien. Tant de pauvres gèlent, dès qu'arrive le froid. Vous êtes pourtant une femme économe.

Elle secouerait la tête.

Elle a toujours vu une marmite pendre au bout de la crémaillère.

Elle a toujours entendu de l'eau bouillir et, la marmite vidée, qu'il pleuve, qu'il vente ou que le soleil tape, elle l'a toujours remplie.

Et maintenant, il n'est même plus nécessaire qu'elle touche la marmite, ni qu'elle la voie ; elle la connaît par cœur. Il lui suffit de l'écouter, et si la marmite se tait, elle y jette un seau d'eau, comme elle enfilerait une perle, tellement habituée que jusqu'ici elle n'a jamais manqué son coup.

Elle le manque aujourd'hui pour la première fois.

Toute l'eau tombe dans le feu et un nuage de cendre, comme une bête dérangée qui se fâche, saute sur Honorine, l'enveloppe, l'étouffe et la brûle.

Elle pousse un cri, éternue et crache en reculant.

— Châcre ! dit-elle, j'ai cru que le diable sortait de dessous terre.

Les yeux collés et cuisants, elle tâtonne avec ses mains noircies dans la nuit de la cheminée.

— Ah ! je m'explique, dit-elle, stupéfaite. La marmite n'y est plus.

— Ma foi non, dit-elle, je ne m'explique pas. La marmite y était encore tout à l'heure. Sûrement, puisqu'elle sifflait comme un flûteau.

On a dû l'enlever quand Honorine tournait le dos pour secouer par la fenêtre un plein tablier d'épluchures.

Mais qui donc ?

Mme Lepic paraît sévère et calme sur le paillasson de la chambre à coucher.

— Quel bruit, Honorine !

— Du bruit, du bruit ! s'écrie Honorine. Le beau malheur que je fasse du bruit ! un peu plus je me rôtissais. Regardez mes sabots, mon jupon, mes mains. J'ai de la boue sur mon caraco et des morceaux de charbon dans mes poches.

MADAME LEPIC

Je regarde cette mare qui dégouline de la cheminée, Honorine. Elle va faire du propre.

HONORINE

Pourquoi qu'on me vole ma marmite sans me prévenir ? C'est peut-être vous seulement qui l'avez prise ?

MADAME LEPIC

Cette marmite appartient à tout le monde ici, Honorine. Faut-il, par hasard, que moi ou M. Lepic, ou mes enfants, nous vous demandions la permission de nous en servir ?

HONORINE

Je dirais des sottises, tant je me sens colère.

MADAME LEPIC

Contre nous ou contre vous, ma brave Honorine ? Oui, contre qui ? Sans être curieuse, je voudrais le savoir. Vous me démontez. Sous prétexte que la marmite a disparu, vous jetez gaillardement un seau d'eau dans le feu, et têtue, loin d'avouer votre maladresse, vous vous en prenez aux autres, à moi-même. Je la trouve raide, ma parole !

HONORINE

Mon petit Poil de Carotte, sais-tu où est ma marmite ?

MADAME LEPIC

Comment le saurait-il, lui, un enfant irresponsable ? Laissez donc votre marmite. Rappelez-vous plutôt votre mot d'hier : « Le jour où je m'apercevrai que je ne peux même plus faire chauffer de l'eau, je m'en irai toute seule, sans qu'on me pousse. » Certes, je trouvais vos yeux malades, mais je ne croyais pas votre état désespéré. Je n'ajoute rien, Honorine ; mettez-vous à ma place. Vous êtes au courant comme moi, de la situation ; jugez et continuez. Oh ! ne vous gênez point, pleurez. Il y a de quoi.

RÉTICENCE

Maman ! Honorine !

Qu'est-ce qu'il veut encore, Poil de Carotte ? Il va tout gâter. Par bonheur, sous le regard froid de Mme Lepic, il s'arrête court.

Pourquoi dire à Honorine :

— C'est moi, Honorine !

Rien ne peut sauver la vieille. Elle n'y voit plus, elle n'y voit plus. Tant pis pour elle. Tôt ou tard elle devait céder. Un aveu de lui ne la peinerait que davantage. Qu'elle parte et que, loin de soupçonner Poil de Carotte, elle s'imagine frappée par l'inévitable coup du sort.

Et pourquoi dire à Mme Lepic :

— Maman, c'est moi !

A quoi bon se vanter d'une action méritoire, mendier un sourire d'honneur ? Outre qu'il courrait quelque danger, car il sait Mme Lepic capable de le désavouer en public, qu'il se mêle donc de ses affaires, ou mieux, qu'il fasse mine d'aider sa mère et Honorine à chercher la marmite.

Et lorsqu'un instant tous trois s'unissent pour la trouver, c'est lui qui montre le plus d'ardeur.

Mme Lepic, désintéressée, y renonce la première.

Honorine se résigne et s'éloigne, marmotteuse, et bientôt Poil de Carotte, qu'un scrupule faillit perdre, rentre en lui-même, comme dans une gaine, comme un instrument de justice dont on n'a plus besoin.

AGATHE

C'est Agathe, une petite-fille d'Honorine, qui la remplace.

Curieusement, Poil de Carotte observe la nouvelle venue qui, pendant quelques jours, détournera de lui sur elle, l'attention des Lepic.

— Agathe, dit Mme Lepic, frappez avant d'entrer,

ce qui ne signifie pas que vous devez défoncer les
portes à coups de poing de cheval.

— Ça commence, se dit Poil de Carotte, mais je
l'attends au déjeuner.

On mange dans la grande cuisine. Agathe, une
serviette sur le bras, se tient prête à courir du fourneau vers le placard, du placard vers la table, car elle
ne sait guère marcher posément ; elle préfère hale-
ter, le sang aux joues.

Et elle parle trop vite, rit trop haut, a trop envie de
bien faire.

M. Lepic s'installe le premier, dénoue sa serviette,
pousse son assiette vers le plat qu'il voit devant lui,
prend de la viande, de la sauce et ramène l'assiette. Il
se sert à boire, et le dos courbé, les yeux baissés, il se
nourrit sobrement, aujourd'hui comme chaque jour,
avec indifférence.

Quand on change de plat, il se penche sur sa
chaise et remue la cuisse.

Mme Lepic sert elle-même les enfants, d'abord
grand frère Félix parce que son estomac crie la faim,
puis sœur Ernestine pour sa qualité d'aînée, enfin
Poil de Carotte qui se trouve au bout de la table.

Il n'en redemande jamais, comme si c'était formel-
lement défendu. Une portion doit suffire. Si on lui
fait des offres, il accepte, et sans boire, se gonfle de
riz qu'il n'aime pas, pour flatter Mme Lepic, qui,
seule de la famille, l'aime beaucoup.

Plus indépendants, grand frère Félix et sœur
Ernestine veulent-ils une seconde portion, ils
poussent, selon la méthode de M. Lepic, leur assiette
du côté du plat.

Mais personne ne parle.

— Qu'est-ce qu'ils ont donc ? se dit Agathe.

Ils n'ont rien. Ils sont ainsi, voilà tout.

Elle ne peut s'empêcher de bâiller, les bras écartés,
devant l'un et devant l'autre.

M. Lepic mange avec lenteur, comme s'il mâchait
du verre pilé.

Mme Lepic, pourtant plus bavarde, entre ses

repas, qu'une agace[1], commande à table par gestes et signes de tête.

Sœur Ernestine lève les yeux au plafond.

Grand frère Félix sculpte sa mie de pain, et Poil de Carotte, qui n'a plus de timbale, ne se préoccupe que de ne pas nettoyer son assiette, trop tôt, par gourmandise, ou trop tard, par lambinerie. Dans ce but, il se livre à des calculs compliqués.

Soudain M. Lepic va remplir une carafe d'eau.

— J'y serais bien allée, moi, dit Agathe.

Ou plutôt, elle ne le dit pas, elle le pense seulement. Déjà atteinte du mal de tous, la langue lourde, elle n'ose parler, mais se croyant en faute, elle redouble d'attention.

M. Lepic n'a presque plus de pain. Agathe cette fois ne se laissera pas devancer. Elle le surveille au point d'oublier les autres et que Mme Lepic d'un sec :

— Agathe, est-ce qu'il vous pousse une branche ? la rappelle à l'ordre.

— Voilà, madame, répond Agathe.

Et elle se multiplie sans quitter de l'œil M. Lepic. Elle veut le conquérir par ses prévenances et tâchera de se signaler.

Il est temps.

Comme M. Lepic mord sa dernière bouchée de pain, elle se précipite au placard et rapporte une couronne de cinq livres, non entamée, qu'elle lui offre de bon cœur, tout heureuse d'avoir deviné les désirs du maître.

Or, M. Lepic noue sa serviette, se lève de table, met son chapeau et va dans le jardin fumer une cigarette.

Quand il a fini de déjeuner, il ne recommence pas.

Clouée, stupide, Agathe tenant sur son ventre la couronne qui pèse cinq livres, semble la réclame en cire d'une fabrique d'appareils de sauvetage.

LE PROGRAMME

— Ça vous la coupe, dit Poil de Carotte, dès qu'Agathe et lui se trouvent seuls dans la cuisine. Ne

1. Une pie.

vous découragez pas, vous en verrez d'autres. Mais où allez-vous avec ces bouteilles ?

— A la cave, monsieur Poil de Carotte.

POIL DE CAROTTE

Pardon, c'est moi qui vais à la cave. Du jour où j'ai pu descendre l'escalier, si mauvais que les femmes glissent et risquent de s'y casser le cou, je suis devenu l'homme de confiance. Je distingue le cachet rouge du cachet bleu.

Je vends les vieilles feuillettes[1] pour mes petits bénéfices, de même que les peaux de lièvres, et je remets l'argent à maman.

Entendons-nous, s'il vous plaît, afin que l'un ne gêne pas l'autre dans son service.

Le matin j'ouvre au chien et je lui fais manger sa soupe. Le soir je lui siffle de venir se coucher. Quand il s'attarde par les rues, je l'attends.

En outre, maman m'a promis que je fermerais toujours la porte des poules.

J'arrache des herbes qu'il faut connaître, dont je secoue la terre sur mon pied pour reboucher leur trou, et que je distribue aux bêtes.

Comme exercice, j'aide mon père à scier du bois.

J'achève le gibier qu'il rapporte vivant et vous le plumez avec sœur Ernestine.

Je fends le ventre des poissons, je les vide et fais péter leurs vessies sous mon talon.

Par exemple c'est vous qui les écaillez et qui tirez les seaux du puits.

J'aide à dévider les écheveaux de fil.

Je mouds le café.

Quand M. Lepic quitte ses souliers sales, c'est moi qui les porte dans le corridor, mais sœur Ernestine ne cède à personne le droit de rapporter les pantoufles qu'elle a brodées elle-même.

Je me charge des commissions importantes, des

---

1. Tonneau d'une capacité de 112 à 140 litres selon les régions.

longues trottes, d'aller chez le pharmacien ou le médecin.

De votre côté, vous courez le village aux menues provisions.

Mais vous devrez, deux ou trois heures par jour et par tous les temps, laver à la rivière. Ce sera le plus dur de votre travail, ma pauvre fille ; je n'y peux rien. Cependant je tâcherai quelquefois, si je suis libre, de vous donner un coup de main, quand vous étendrez le linge sur la haie.

J'y pense : un conseil. N'étendez jamais votre linge sur les arbres fruitiers. M. Lepic, sans vous adresser d'observation, d'une chiquenaude le jetterait par terre, et Mme Lepic, pour une tache, vous renverrait le laver.

Je vous recommande les chaussures. Mettez beaucoup de graisse sur les souliers de chasse et très peu de cirage sur les bottines. Ça les brûle.

Ne vous acharnez pas après les culottes crottées. M. Lepic affirme que la boue les conserve. Il marche au milieu de la terre labourée sans relever le bas de son pantalon. Je préfère relever le mien, quand M. Lepic m'emmène et que je porte le carnier.

— Poil de Carotte, me dit-il, tu ne deviendras jamais un chasseur sérieux.

Et Mme Lepic me dit :

— Gare à tes oreilles si tu te salis.

C'est une affaire de goût.

En somme vous ne serez pas trop à plaindre. Pendant mes vacances nous nous partagerons la besogne et vous en aurez moins, ma sœur, mon frère et moi rentrés à la pension. Ça revient au même.

D'ailleurs personne ne vous semblera bien méchant. Interrogez nos amis : ils vous jureront tous que ma sœur Ernestine a une douceur angélique, mon frère Félix, un cœur d'or, M. Lepic l'esprit droit, le jugement sûr, et Mme Lepic un rare talent de cordon-bleu. C'est peut-être à moi que vous trouverez le plus difficile caractère de la famille. Au fond j'en vaux un autre. Il suffit de savoir me prendre. Du reste, je me raisonne, je me corrige ; sans fausse modestie, je m'améliore et si vous y mettez un peu du vôtre, nous vivrons en bonne intelligence.

Non, ne m'appelez plus monsieur, appelez-moi Poil de Carotte, comme tout le monde. C'est moins long que M. Lepic fils. Seulement je vous prie de ne pas me tutoyer, à la façon de votre grand-mère Honorine que je détestais, parce qu'elle me froissait toujours.

L'AVEUGLE

Du bout de son bâton, il frappe discrètement à la porte.

MADAME LEPIC

— Qu'est-ce qu'il veut encore, celui-là ?

MONSIEUR LEPIC

— Tu ne le sais pas ? Il veut ses dix sous ; c'est son jour. Laisse-le entrer.

Mme Lepic, maussade, ouvre la porte, tire l'aveugle par le bras, brusquement, à cause du froid.

— Bonjour, tous ceux qui sont là ! dit l'aveugle.

Il s'avance. Son bâton court à petits pas sur les dalles, comme pour chasser des souris, et rencontre une chaise. L'aveugle s'assied et tend au poêle ses mains transies.

M. Lepic prend une pièce de dix sous et dit :

— Voilà !

Il ne s'occupe plus de lui ; il continue la lecture d'un journal.

Poil de Carotte s'amuse. Accroupi dans son coin, il regarde les sabots de l'aveugle : ils fondent, et, tout autour, des rigoles se dessinent déjà.

Mme Lepic s'en aperçoit.

— Prêtez-moi vos sabots, vieux, dit-elle.

Elle les porte sous la cheminée, trop tard ; ils ont laissé une mare, et les pieds de l'aveugle inquiet sentent l'humidité, se lèvent, tantôt l'un, tantôt l'autre, écartent la neige boueuse, la répandent au loin.

D'un ongle, Poil de Carotte gratte le sol, fait signe à l'eau sale de couler vers lui, indique des crevasses profondes.

— Puisqu'il a ses dix sous, dit Mme Lepic, sans crainte d'être entendue, que demande-t-il ?

Mais l'aveugle parle politique, d'abord timidement, ensuite avec confiance. Quand les mots ne viennent pas, il agite son bâton, se brûle le poing au tuyau du poêle, le retire vite et, soupçonneux, roule son blanc d'œil au fond de ses larmes intarissables.

Parfois M. Lepic, qui tourne le journal, dit :

— Sans doute, papa Tissier, sans doute, mais en êtes-vous sûr ?

— Si j'en suis sûr ! s'écrie l'aveugle. Ça, par exemple, c'est fort ! Écoutez-moi, M. Lepic, vous allez voir comment je m'ai aveuglé.

— Il ne démarrera plus, dit Mme Lepic.

En effet, l'aveugle se trouve mieux. Il raconte son accident, s'étire et fond tout entier. Il avait dans les veines des glaçons qui se dissolvent et circulent. On croirait que ses vêtements et ses membres suent de l'huile.

Par terre, la mare augmente ; elle gagne Poil de Carotte, elle arrive :

C'est lui le but.

Bientôt il pourra jouer avec.

Cependant Mme Lepic commence une manœuvre habile. Elle frôle l'aveugle, lui donne des coups de coude, lui marche sur les pieds, le fait reculer, le force à se loger entre le buffet et l'armoire où la chaleur ne rayonne pas. L'aveugle, dérouté, tâtonne, gesticule et ses doigts grimpent comme des bêtes. Il ramone sa nuit. De nouveau les glaçons se forment ; voici qu'il regèle.

Et l'aveugle termine son histoire d'une voix pleurarde.

— Oui, mes bons amis, fini, plus d'zieux, plus rien, un noir de four.

Son bâton lui échappe. C'est ce qu'attendait Mme Lepic. Elle se précipite, ramasse le bâton et le rend à l'aveugle, — sans le lui rendre.

Il croit le tenir, il ne l'a pas.

Au moyen d'adroites tromperies, elle le déplace encore, lui remet ses sabots et le guide du côté de la porte.

Puis elle le pince légèrement, afin de se venger un peu ; elle le pousse dans la rue, sous l'édredon du ciel gris qui se vide de toute sa neige, contre le vent qui grogne ainsi qu'un chien oublié dehors.

Et, avant de refermer la porte, Mme Lepic crie à l'aveugle, comme s'il était sourd :

— Au revoir ; ne perdez pas votre pièce ; à dimanche prochain s'il fait beau et si vous êtes toujours de ce monde. Ma foi ! vous avez raison, mon vieux papa Tissier, on ne sait jamais ni qui vit ni qui meurt. Chacun ses peines et Dieu pour tous !

LE JOUR DE L'AN

Il neige. Pour que le Jour de l'An réussisse, il faut qu'il neige.

Mme Lepic a prudemment laissé la porte de la cour verrouillée. Déjà des gamins secouent le loquet, cognent au bas, discrets d'abord, puis hostiles, à coups de sabots, et, las d'espérer, s'éloignent à reculons, les yeux encore vers la fenêtre d'où Mme Lepic les épie. Le bruit de leurs pas s'étouffe dans la neige.

Poil de Carotte saute du lit, va se débarbouiller, sans savon, dans l'auge du jardin. Elle est gelée. Il doit en casser la glace, et ce premier exercice répand par tout son corps une chaleur plus saine que celle des poêles. Mais il feint de se mouiller la figure, et, comme on le trouve toujours sale, même lorsqu'il a fait sa toilette à fond, il n'ôte que le plus gros.

Dispos et frais pour la cérémonie, il se place derrière son grand frère Félix, qui se tient derrière sœur Ernestine, l'aînée. Tous trois entrent dans la cuisine. M. et Mme Lepic viennent de s'y réunir, sans en avoir l'air.

Sœur Ernestine les embrasse et dit :

— Bonjour papa, bonjour maman, je vous souhaite une bonne année, une bonne santé et le paradis à la fin de vos jours.

Grand frère Félix dit la même chose, très vite, courant au bout de la phrase, et embrasse pareillement.

Mais Poil de Carotte sort de sa casquette une lettre. On lit sur l'enveloppe fermée : « A mes Chers Parents. » Elle ne porte pas d'adresse. Un oiseau d'espèce rare, riche en couleurs, file d'un trait dans un coin.

Poil de Carotte la tend à Mme Lepic, qui la décachète. Des fleurs écloses ornent abondamment la feuille de papier, et une telle dentelle en fait le tour que souvent la plume de Poil de Carotte est tombée dans les trous, éclaboussant le mot voisin.

MONSIEUR LEPIC

Et moi, je n'ai rien !

POIL DE CAROTTE

C'est pour vous deux ; maman te la prêtera.

MONSIEUR LEPIC

Ainsi, tu aimes mieux ta mère que moi. Alors fouille-toi, pour voir si cette pièce de dix sous neuve est dans ta poche !

POIL DE CAROTTE

Patiente un peu, maman a fini.

MADAME LEPIC

Tu as du style, mais une si mauvaise écriture que je ne peux pas lire.

— Tiens papa, dit Poil de Carotte empressé, à toi, maintenant.

Tandis que Poil de Carotte, se tenant droit, attend la réponse, M. Lepic lit la lettre une fois, deux fois, l'examine longuement, selon son habitude, fait « Ah ! ah ! » et la dépose sur la table.

Elle ne sert plus à rien, son effet entièrement produit. Elle appartient à tout le monde. Chacun peut voir, toucher. Sœur Ernestine et grand frère Félix la prennent à leur tour et y cherchent des fautes d'orthographe. Ici Poil de Carotte a dû changer de plume, on lit mieux. Ensuite ils la lui rendent.

Il la tourne et la retourne, sourit laidement, et semble demander :

— Qui en veut ?

Enfin il la resserre dans sa casquette.

On distribue les étrennes. Sœur Ernestine a une poupée aussi haute qu'elle, plus haute, et grand frère Félix une boîte de soldats en plomb prêts à se battre.

— Je t'ai réservé une surprise, dit Mme Lepic à Poil de Carotte.

POIL DE CAROTTE

Ah, oui !

MADAME LEPIC

Pourquoi cet : ah, oui ! Puisque tu la connais, il est inutile que je te la montre.

POIL DE CAROTTE

Que jamais je ne voie Dieu, si je la connais.

Il lève la main en l'air, grave, sûr de lui. Mme Lepic ouvre le buffet. Poil de Carotte halète. Elle enfonce son bras jusqu'à l'épaule, et, lente, mystérieuse, ramène sur un papier jaune une pipe en sucre rouge.

Poil de Carotte, sans hésitation, rayonne de joie. Il sait ce qu'il lui reste à faire. Bien vite, il veut fumer en présence de ses parents, sous les regards envieux (mais on ne peut pas tout avoir !) de grand frère

Félix et de sœur Ernestine. Sa pipe de sucre rouge entre deux doigts seulement, il se cambre, incline la tête du côté gauche. Il arrondit la bouche, rentre les joues et aspire avec force et bruit.

Puis, quand il a lancé jusqu'au ciel une énorme bouffée :

— Elle est bonne, dit-il, elle tire bien.

ALLER ET RETOUR

MM. Lepic fils et Mlle Lepic viennent en vacances. Au saut de la diligence, et du plus loin qu'il voit ses parents, Poil de Carotte se demande :

— Est-ce le moment de courir au-devant d'eux ?

Il hésite :

— C'est trop tôt, je m'essoufflerais, et puis il ne faut rien exagérer.

Il diffère encore :

— Je courrai à partir d'ici..., non, à partir de là...

Il se pose des questions :

— Quand faudra-t-il ôter ma casquette ? Lequel des deux embrasser le premier ?

Mais grand frère Félix et sœur Ernestine l'ont devancé et se partagent les caresses familiales. Quand Poil de Carotte arrive, il n'en reste presque plus.

— Comment, dit Mme Lepic, tu appelles encore M. Lepic « papa » à ton âge ? dis-lui : « mon père » et donne-lui une poignée de main ; c'est plus viril.

Ensuite elle le baise, une fois, au front, pour ne pas faire de jaloux.

Poil de Carotte est tellement content de se voir en vacances, qu'il en pleure. Et c'est souvent ainsi ; souvent il manifeste de travers.

Le jour de la rentrée (la rentrée est fixée au lundi matin, 2 octobre ; on commencera par la messe du

Saint-Esprit), du plus loin qu'elle entend les grelots de la diligence, Mme Lepic tombe sur ses enfants et les étreint d'une seule brassée. Poil de Carotte ne se trouve pas dedans. Il espère patiemment son tour, la main déjà tendue vers les courroies de l'impériale, ses adieux tout prêts, à ce point triste qu'il chantonne malgré lui.

— Au revoir, ma mère, dit-il d'un air digne.

— Tiens, dit Mme Lepic, pour qui te prends-tu, pierrot ? Il t'en coûterait de m'appeler « maman » comme tout le monde ? A-t-on jamais vu ? C'est encore blanc de bec et sale de nez et ça veut faire l'original !

Cependant elle le baise, une fois, au front, pour ne pas faire de jaloux.

LE PORTE-PLUME

L'institution Saint-Marc[1], où M. Lepic a mis grand frère Félix et Poil de Carotte, suit les cours du lycée. Quatre fois par jour les élèves font la même promenade. Très agréable dans la belle saison, et, quand il pleut, si courte que les jeunes gens se rafraîchissent plutôt qu'ils ne se mouillent, elle leur est hygiénique d'un bout de l'année à l'autre[2].

Comme ils reviennent du lycée ce matin, traînant les pieds et moutonniers, Poil de Carotte, qui marche la tête basse, entend dire :

— Poil de Carotte, regarde ton père là-bas !

M. Lepic aime surprendre ainsi ses garçons. Il

1. Élèves au lycée de Nevers, Jules Renard et son frère étaient pensionnaires à l'institution Saint-Louis, dont le nom est ici légèrement modifié.
2. Le texte reproduit dans cette phrase les termes mêmes du prospectus de l'institution, qui est évoqué au début des « Poux », voir page 77.

arrive sans écrire, et on l'aperçoit soudain, planté sur le trottoir d'en face, au coin de la rue, les mains derrière le dos, une cigarette à la bouche.

Poil de Carotte et grand frère Félix sortent des rangs et courent à leur père.

— Vrai ! dit Poil de Carotte, si je pensais à quelqu'un, ce n'était pas à toi.

— Tu penses à moi quand tu me vois, dit M. Lepic.

Poil de Carotte voudrait répondre quelque chose d'affectueux. Il ne trouve rien, tant il est occupé. Haussé sur la pointe des pieds, il s'efforce d'embrasser son père. Une première fois il lui touche la barbe du bout des lèvres. Mais M. Lepic, d'un mouvement machinal, dresse la tête, comme s'il se dérobait. Puis il se penche et de nouveau recule, et Poil de Carotte, qui cherchait sa joue, la manque, il n'effleure que le nez. Il baise le vide. Il n'insiste pas, et déjà troublé, il tâche de s'expliquer et accueil étrange.

— Est-ce que mon papa ne m'aimerait plus ? se dit-il. Je l'ai vu embrasser grand frère Félix. Il s'abandonnait au lieu de se retirer. Pourquoi m'évite-t-il ? Veut-on me rendre jaloux ? Régulièrement je fais cette remarque. Si je reste trois mois loin de mes parents, j'ai une grosse envie de les voir. Je me promets de bondir à leur cou comme un jeune chien. Nous nous mangerons de caresses. Mais les voici, et ils me glacent.

Tout à ses pensées tristes, Poil de Carotte répond mal aux questions de M. Lepic qui lui demande si le grec marche un peu.

POIL DE CAROTTE

Ça dépend. La version va mieux que le thème, parce que dans la version on peut deviner.

MONSIEUR LEPIC

Et l'allemand ?

POIL DE CAROTTE

C'est très difficile à prononcer, papa.

MONSIEUR LEPIC

Bougre ! Comment, la guerre déclarée, battras-tu les Prussiens, sans savoir leur langue vivante ?

POIL DE CAROTTE

Ah ! d'ici là, je m'y mettrai. Tu me menaces toujours de la guerre. Je crois décidément qu'elle attendra, pour éclater, que j'aie fini mes études.

MONSIEUR LEPIC

Quelle place as-tu obtenue dans la dernière composition ? J'espère que tu n'es pas à la queue.

POIL DE CAROTTE

Il en faut bien un.

MONSIEUR LEPIC

Bougre ! moi qui voulais t'inviter à déjeuner. Si encore c'était dimanche ! Mais en semaine, je n'aime guère vous déranger de votre travail.

POIL DE CAROTTE

Personnellement, je n'ai pas grand-chose à faire ; et toi, Félix ?

GRAND FRÈRE FÉLIX

Juste, ce matin le professeur a oublié de nous donner notre devoir.

MONSIEUR LEPIC

Tu étudieras mieux ta leçon.

GRAND FRÈRE FÉLIX

Ah ! je la sais d'avance, papa. C'est la même qu'hier.

MONSIEUR LEPIC

Malgré tout, je préfère que vous rentriez. Je tâcherai de rester jusqu'à dimanche et nous nous rattraperons.

Ni la moue de grand frère Félix, ni le silence

affecté de Poil de Carotte ne retardent les adieux et le
moment est venu de se séparer.

Poil de Carotte l'attendait avec inquiétude.

— Je verrai, se dit-il, si j'aurai plus de succès ; si,
oui ou non, il déplaît maintenant à mon père que je
l'embrasse.

Et résolu, le regard droit, la bouche haute, il
s'approche.

Mais M. Lepic, d'une main défensive, le tient
encore à distance et lui dit :

— Tu finiras par me crever les yeux avec ton
porte-plume sur ton oreille. Ne pourrais-tu le mettre
ailleurs quand tu m'embrasses ? Je te prie de remarquer que j'ôte ma cigarette, moi.

POIL DE CAROTTE

Oh ! mon vieux papa, je te demande pardon. C'est
vrai, quelque jour un malheur arrivera par ma faute.
On m'a déjà prévenu, mais mon porte-plume tient si
à son aise sur mes pavillons que je l'y laisse tout le
temps et que je l'oublie. Je devrais au moins ôter ma
plume ! Ah ! pauvre vieux papa, je suis content de
savoir que mon porte-plume te faisait peur.

MONSIEUR LEPIC

Bougre ! tu ris parce que tu as failli m'éborgner.

POIL DE CAROTTE

Non, mon vieux papa, je ris pour autre chose : une
idée sotte à moi que je m'étais encore fourrée dans la
tête.

LES JOUES ROUGES

I

Son inspection habituelle terminée, M. le Directeur de l'institution Saint-Marc quitte le dortoir.

Chaque élève s'est glissé dans ses draps, comme dans un étui, en se faisant tout petit, afin de ne pas se déborder. Le maître d'étude, Violone, d'un tour de tête, s'assure que tout le monde est couché, et, se haussant sur la pointe du pied, doucement baisse le gaz. Aussitôt, entre voisins, le caquetage commence. De chevet à chevet, les chuchotements se croisent, et des lèvres en mouvement monte, par tout le dortoir, un bruissement confus, où, de temps en temps, se distingue le sifflement bref d'une consonne.

C'est sourd, continu, agaçant à la fin, et il semble vraiment que tous ces babils, invisibles et remuants comme des souris, s'occupent à grignoter du silence.

Violone met des savates, se promène quelque temps entre les lits, chatouillant çà le pied d'un élève, là tirant le pompon du bonnet d'un autre, et s'arrête près de Marseau, avec lequel il donne, tous les soirs, l'exemple des longues causeries prolongées bien avant dans la nuit. Le plus souvent, les élèves ont cessé leur conversation, par degrés étouffée, comme s'ils avaient peu à peu tiré leur drap sur leur bouche, et dorment, que le maître d'étude est encore penché sur le lit de Marseau, les coudes durement appuyés sur le fer, insensible à la paralysie de ses avant-bras et au remue-ménage des fourmis courant à fleur de peau jusqu'au bout de ses doigts.

Il s'amuse de ses récits enfantins, et le tient éveillé par d'intimes confidences et des histoires de cœur. Tout de suite, il l'a chéri pour la tendre et transparente enluminure de son visage, qui paraît éclairé en dedans. Ce n'est plus une peau, mais une pulpe, derrière laquelle, à la moindre variation atmosphérique, s'enchevêtrent visiblement les veinules, comme les lignes d'une carte d'atlas sous une feuille de papier à décalquer. Marseau a d'ailleurs une manière séduisante de rougir sans savoir pourquoi et à l'improviste, qui le fait aimer comme une fille. Souvent, un camarade pèse du bout du doigt sur l'une de ses joues et se retire avec brusquerie, laissant une tache blanche, bientôt recouverte d'une belle coloration rouge, qui s'étend avec rapidité, comme du vin dans de l'eau pure, se varie richement et se nuance depuis le bout du nez rose jusqu'aux oreilles lilas. Chacun peut opérer soi-même, Marseau se prête complaisamment aux expériences. On l'a surnommé Veilleuse, Lanterne, Joue Rouge. Cette faculté de s'embraser à volonté lui fait bien des envieux.

Poil de Carotte, son voisin de lit, le jalouse entre tous. Pierrot lymphatique et grêle, au visage farineux, il pince vainement, à se faire mal, son épiderme exsangue, pour y amener quoi ! et encore pas toujours, quelque point d'un roux douteux. Il zébrerait volontiers, haineusement, à coups d'ongles et écorcerait comme des oranges les joues vermillonnées de Marseau.

Depuis longtemps très intrigué, il se tient aux écoutes ce soir-là, dès la venue de Violone, soupçonneux avec raison peut-être, et désireux de savoir la vérité sur les allures cachottières du maître d'étude. Il met en jeu toute son habileté de petit espion, simule un ronflement pour rire, change avec affectation de côté, en ayant soin de faire le tour complet, pousse un cri perçant comme s'il avait le cauchemar, ce qui réveille en peur le dortoir et imprime un fort mouvement de houle à tous les draps ; puis, dès que Violone s'est éloigné, il dit à Marseau, le torse hors du lit, le souffle ardent :

— Pistolet ! Pistolet !

On ne lui répond rien. Poil de Carotte se met sur les genoux, saisit le bras de Marseau, et, le secouant avec force :

— Entends-tu ? Pistolet !

Pistolet ne semble pas entendre ; Poil de Carotte exaspéré reprend :

— C'est du propre !... Tu crois que je ne vous ai pas vus. Dis voir un peu qu'il ne t'a pas embrassé ! dis-le voir un peu que tu n'es pas son Pistolet.

Il se dresse, le col tendu, pareil à un jars blanc qu'on agace, les poings fermés au bord du lit.

Mais cette fois, on lui répond :

— Eh bien ! après ?

D'un seul coup de reins, Poil de Carotte rentre dans ses draps.

C'est le maître d'étude qui revient en scène, apparu soudainement !

II

— Oui, dit Violone, je t'ai embrassé, Marseau ; tu peux l'avouer, car tu n'as fait aucun mal. Je t'ai embrassé sur le front, mais Poil de Carotte ne peut pas comprendre, déjà trop dépravé pour son âge, que c'est là un baiser pur et chaste, un baiser de père à enfant, et que je t'aime comme un fils, ou si tu veux comme un frère, et demain il ira répéter partout je ne sais quoi, le petit imbécile !

A ces mots, tandis que la voix de Violone vibre sourdement, Poil de Carotte feint de dormir. Toutefois, il soulève sa tête pour entendre encore.

Marseau écoute le maître d'étude, le souffle ténu, ténu, car tout en trouvant ses paroles très naturelles, il tremble comme s'il redoutait la révélation de quelque mystère. Violone continue, le plus bas qu'il peut. Ce sont des mots inarticulés, lointains, des syllabes à peine localisées. Poil de Carotte qui, sans oser se retourner, se rapproche insensiblement, au moyen de légères oscillations de hanches, n'entend plus rien. Son attention est à ce point surexcitée que ses oreilles lui semblent matériellement se creuser et s'évaser en entonnoir ; mais aucun son n'y tombe.

Il se rappelle avoir éprouvé parfois une sensation d'effort pareille en écoutant aux portes, en collant son œil à la serrure, avec le désir d'agrandir le trou et d'attirer à lui, comme avec un crampon, ce qu'il voulait voir. Cependant, il le parierait, Violone répète encore :

— Oui, mon affection est pure, pure, et c'est ce que ce petit imbécile ne comprend pas !

Enfin le maître d'étude se penche avec la douceur d'une ombre sur le front de Marseau, l'embrasse, le caresse de sa barbiche comme d'un pinceau, puis se redresse pour s'en aller, et Poil de Carotte le suit des yeux, glissant entre les rangées de lits. Quand la main de Violone frôle un traversin, le dormeur dérangé change de côté avec un fort soupir.

Poil de Carotte guette longtemps. Il craint un nouveau retour brusque de Violone. Déjà Marseau fait la boule dans son lit, la couverture sur ses yeux, bien éveillé d'ailleurs, et tout au souvenir de l'aventure dont il ne sait que penser. Il n'y voit rien de vilain qui puisse le tourmenter, et cependant, dans la nuit des draps, l'image de Violone flotte lumineusement, douce comme ces images de femmes qui l'ont échauffé en plus d'un rêve.

Poil de Carotte se lasse d'attendre. Ses paupières, comme aimantées, se rapprochent. Il s'impose de fixer le gaz, presque éteint ; mais, après avoir compté trois éclosions de petites bulles crépitantes et pressées de sortir du bec, il s'endort.

III

Le lendemain matin, au lavabo, tandis que les cornes des serviettes, trempées dans un peu d'eau froide, frottent légèrement les pommettes frileuses, Poil de Carotte regarde méchamment Marseau, et s'efforçant d'être bien féroce, il l'insulte de nouveau, les dents serrées sur les syllabes sifflantes.

— Pistolet ! Pistolet !

Les joues de Marseau deviennent pourpres, mais il répond sans colère, et le regard presque suppliant :

— Puisque je te dis que ce n'est pas vrai, ce que tu crois !

Le maître d'étude passa la visite des mains. Les élèves, sur deux rangs, offrent machinalement d'abord le dos, puis la paume de leurs mains, en les retournant avec rapidité, et les remettent aussitôt bien au chaud, dans les poches ou sous la tiédeur de l'édredon le plus proche. D'ordinaire, Violone s'abstient de les regarder. Cette fois, mal à propos, il trouve que celles de Poil de Carotte ne sont pas nettes. Poil de Carotte, prié de les repasser sous le robinet, se révolte. On peut, à vrai dire, y remarquer une tache bleuâtre, mais il soutient que c'est un commencement d'engelure. On lui en veut, sûrement.

Violone doit le faire conduire chez M. le Directeur.

Celui-ci, matinal, prépare, dans son cabinet vieux vert, un cours d'histoire qu'il fait aux grands, à ses moments perdus. Écrasant sur le tapis de sa table le bout de ses doigts épais, il pose les principaux jalons : ici la chute de l'Empire romain ; au milieu, la prise de Constantinople par les Turcs ; plus loin l'Histoire moderne, qui commence on ne sait où et n'en finit plus.

Il a une ample robe de chambre dont les galons brodés cerclent sa poitrine puissante, pareils à des cordages autour d'une colonne. Il mange visiblement trop cet homme ; ses traits sont gros et toujours un peu luisants. Il parle fortement, même aux dames, et les plis de son cou ondulent sur le col d'une manière lente et rythmique. Il est encore remarquable pour la rondeur de ses yeux et l'épaisseur de ses moustaches.

Poil de Carotte se tient debout devant lui, sa casquette entre les jambes, afin de garder toute sa liberté d'action.

D'une voix terrible, le Directeur demande :

— Qu'est-ce que c'est ?

— Monsieur, c'est le maître d'étude qui m'envoie vous dire que j'ai les mains sales, mais c'est pas vrai !

Et de nouveau, consciencieusement, Poil de Carotte montre ses mains en les retournant : d'abord le dos, ensuite la paume. Il fait la preuve : d'abord la paume, ensuite le dos.

— Ah ! c'est pas vrai, dit le Directeur, quatre jours de séquestre, mon petit !

— Monsieur, dit Poil de Carotte, le maître d'étude, il m'en veut !

— Ah ! il t'en veut ! huit jours, mon petit !

Poil de Carotte connaît son homme. Une telle douceur ne le surprend point. Il est bien décidé à tout affronter. Il prend une pose raide, serre ses jambes et s'enhardit, au mépris d'une gifle.

Car c'est, chez Monsieur le Directeur, une innocente manie d'abattre, de temps en temps, un élève récalcitrant du revers de la main : vlan ! L'habileté pour l'élève visé consiste à prévoir le coup et à se baisser, et le directeur se déséquilibre, au rire étouffé de tous. Mais il ne recommence pas, sa dignité l'empêchant d'user de ruse à son tour. Il devait arriver droit sur la joue choisie, ou alors ne se mêler de rien.

— Monsieur, dit Poil de Carotte réellement audacieux et fier, le maître d'étude et Marseau, ils font des choses !

Aussitôt, les yeux du Directeur se troublent comme si deux moucherons s'y étaient précipités soudain. Il appuie ses deux poings fermés au bord de la table, se lève à demi, la tête en avant, comme s'il allait cogner Poil de Carotte en pleine poitrine, et demande par sons gutturaux :

— Quelles choses ?

Poil de Carotte semble pris au dépourvu. Il espérait (peut-être que ce n'est que différé) l'envoi d'un tome massif de M. Henri Martin [1], par exemple, lancé d'une main adroite, et voilà qu'on lui demande des détails.

Le Directeur attend. Tous ses plis du cou se joignent pour ne former qu'un bourrelet unique, un épais rond de cuir, où siège, de guingois, sa tête.

Poil de Carotte hésite, le temps de se convaincre que les mots ne lui viennent pas, puis, la mine tout à coup confuse, le dos rond, l'attitude apparemment gauche et penaude, il va chercher sa casquette entre ses jambes, l'en retire aplatie, se courbe de plus en

---

1. Historien célèbre au xixᵉ siècle dont les *Histoires de France* aux nombreux tomes ont été largement répandues.

plus, se ratatine, et l'élève doucement, à hauteur de menton, et lentement, sournoisement, avec des précautions pudiques, il enfouit sa tête simiesque dans la doublure ouatée, sans dire un mot.

IV

Le même jour, à la suite d'une courte enquête, Violone reçoit son congé ! C'est un touchant départ, presque une cérémonie.

— Je reviendrai, dit Violone, c'est une absence.

Mais il n'en fait accroire à personne. L'Institution renouvelle son personnel, comme si elle craignait pour lui la moisissure. C'est un va-et-vient de maîtres d'étude. Celui-ci part comme les autres, et meilleur, il part plus vite. Presque tous l'aiment. On ne lui connaît pas d'égal dans l'art d'écrire des en-têtes pour cahiers, tels que : *Cahiers d'exercices grecs appartenant à...* Les majuscules sont moulées comme des lettres d'enseigne. Les bancs se vident. On fait cercle autour de son bureau. Sa belle main, où brille la pierre verte d'une bague, se promène élégamment sur le papier. Au bas de la page, il improvise une signature. Elle tombe comme une pierre dans l'eau, dans une ondulation et un remous de lignes à la fois régulières et capricieuses, qui forment le paraphe, un petit chef-d'œuvre. La queue du paraphe s'égare, se perd dans le paraphe lui-même. Il faut regarder de très près, chercher longtemps pour la retrouver. Inutile de dire que le tout est fait d'un seul trait de plume. Une fois, il a réussi un enchevêtrement de lignes nommé cul-de-lampe. Longuement, les petits s'émerveillèrent.

Son renvoi les chagrine fort.

Ils conviennent qu'ils devront bourdonner le Directeur à la première occasion, c'est-à-dire enfler les joues et imiter avec les lèvres le vol des bourdons pour marquer leur mécontentement. Quelque jour, ils n'y manqueront pas.

En attendant, ils s'attristent les uns les autres.
Violone, qui se sent regretté, a la coquetterie de
partir pendant une récréation. Quand il paraît dans
la cour, suivi d'un garçon qui porte sa malle, tous les
petits s'élancent. Il serre des mains, tapote des
visages, et s'efforce d'arracher les pans de sa redin-
gote sans les déchirer, cerné, envahi et souriant,
ému. Les uns, suspendus à la barre fixe, s'arrêtent au
milieu d'un renversement et sautent à terre, la
bouche ouverte, le front en sueur, leurs manches de
chemise retroussées et les doigts écartés à cause de
la colophane. D'autres, plus calmes, qui tournaient
monotonement dans la cour, agitent les mains, en
signe d'adieu. Le garçon, courbé sous la malle, s'est
arrêté afin de conserver ses distances, ce dont profite
un tout petit pour plaquer sur son tablier blanc ses
cinq doigts trempés dans du sable mouillé. Les joues
de Marseau se sont rosées à paraître peintes. Il
éprouve sa première peine de cœur sérieuse ; mais
troublé et contraint de s'avouer qu'il regrette le
maître d'étude un peu comme une petite cousine, il
se tient à l'écart, inquiet, presque honteux. Sans
embarras, Violone se dirige vers lui, quand on
entend un fracas de carreaux.

Tous les regards montent vers la petite fenêtre
grillée du séquestre. La vilaine et sauvage tête de Poil
de Carotte paraît. Il grimace, blême petite bête mauvaise en cage, les cheveux dans les yeux et ses dents
blanches toutes à l'air. Il passe sa main droite entre
les débris de la vitre qui le mord, comme animée, et
il menace Violone de son poing saignant.

— Petit imbécile ! dit le maître d'étude, te voilà
content !

— Dame ! crie Poil de Carotte, tandis qu'avec
entrain, il casse d'un second coup de poing un autre
carreau, pourquoi que vous l'embrassiez et que vous
ne m'embrassiez pas, moi ?

Et il ajoute, se barbouillant la figure avec le sang
qui coule de sa main coupée :

— Moi aussi, j'ai des joues rouges, quand j'en
veux !

LES POUX

Dès que grand frère Félix et Poil de Carotte arrivent de l'institution Saint-Marc, Mme Lepic leur fait prendre un bain de pieds. Ils en ont besoin depuis trois mois, car jamais on ne les lave à la pension. D'ailleurs, aucun article du prospectus ne prévoit le cas.

— Comme les tiens doivent être noirs, mon pauvre Poil de Carotte ! dit Mme Lepic.

Elle devine juste. Ceux de Poil de Carotte sont toujours plus noirs que ceux de grand frère Félix. Et pourquoi ? Tous deux vivent côte à côte, du même régime, dans le même air. Certes, au bout de trois mois, grand frère Félix ne peut montrer pied blanc, mais Poil de Carotte, de son propre aveu, ne reconnaît plus les siens.

Honteux, il les plonge dans l'eau avec l'habileté d'un escamoteur. On ne les voit pas sortir des chaussettes et se mêler aux pieds de grand frère Félix qui occupent déjà tout le fond du baquet, et bientôt, une couche de crasse s'étend comme un linge sur ces quatre horreurs.

M. Lepic se promène, selon sa coutume, d'une fenêtre à l'autre. Il relit les bulletins trimestriels de ses fils, surtout les notes écrites par M. le Proviseur lui-même : celle de grand frère Félix :

« Étourdi, mais intelligent. Arrivera. »
et celle de Poil de Carotte :

« Se distingue dès qu'il veut, mais ne veut pas toujours. »

L'idée que Poil de Carotte est quelquefois distingué amuse la famille. En ce moment, les bras croisés sur ses genoux, il laisse ses pieds tremper et se gonfler d'aise. Il se sent examiné. On le trouve plutôt enlaidi sous ses cheveux trop longs et d'un rouge sombre. M. Lepic, hostile aux effusions, ne témoigne sa joie de le revoir qu'en le taquinant. A l'aller, il lui détache une chiquenaude sur l'oreille. Au retour, il le pousse du coude, et Poil de Carotte rit de bon cœur.

Enfin, M. Lepic lui passe la main dans les « bour-raquins[1] » et fait crépiter ses ongles comme s'il voulait tuer des poux. C'est sa plaisanterie favorite.

Or, du premier coup, il en tue un.

— Ah ! bien visé, dit-il, je ne l'ai pas manqué.

Et tandis qu'un peu dégoûté il s'essuie à la chevelure de Poil de Carotte, Mme Lepic lève les bras au ciel :

— Je m'en doutais, dit-elle accablée. Mon Dieu ! nous sommes propres ! Ernestine, cours chercher une cuvette, ma fille, voilà de la besogne pour toi.

Sœur Ernestine apporte une cuvette, un peigne fin, du vinaigre dans une soucoupe, et la chasse commence.

— Peigne-moi d'abord ! crie grand frère Félix. Je suis sûr qu'il m'en a donné.

Il se racle furieusement la tête avec les doigts et demande un seau d'eau pour tout noyer.

— Calme-toi, Félix, dit sœur Ernestine qui aime se dévouer, je ne te ferai pas de mal.

Elle lui met une serviette autour du cou et montre une adresse, une patience de maman. Elle écarte les cheveux d'une main, tient délicatement le peigne de l'autre, et elle cherche, sans moue dédaigneuse, sans peur d'attraper des habitants.

Quand elle dit : Un de plus ! grand frère Félix trépigne dans le baquet et menace du poing Poil de Carotte qui, silencieux, attend son tour.

— C'est fini pour toi, Félix, dit sœur Ernestine, tu n'en avais que sept ou huit ; compte-les. On comptera ceux de Poil de Carotte.

Au premier coup de peigne, Poil de Carotte obtient l'avantage. Sœur Ernestine croit qu'elle est tombée sur le nid, mais elle n'a que ramassé au hasard dans une fourmilière.

On entoure Poil de Carotte. Sœur Ernestine s'applique. M. Lepic, les mains derrière le dos, suit le

1. Ce mot vient peut-être de « bourre » selon Pierre Nardin (voir Bibliographie).

travail, comme un étranger curieux. Mme Lepic pousse des exclamations plaintives.

— Oh ! oh ! dit-elle, il faudrait une pelle et un râteau.

Grand frère Félix accroupi remue la cuvette et reçoit les poux. Ils tombent enveloppés de pellicules. On distingue l'agitation de leurs pattes menues comme des cils coupés. Ils obéissent au roulis de la cuvette, et rapidement le vinaigre les fait mourir.

MADAME LEPIC

Vraiment, Poil de Carotte, nous ne te comprenons plus. A ton âge et grand garçon, tu devrais rougir. Je te passe tes pieds que peut-être tu ne vois qu'ici. Mais les poux te mangent, et tu ne réclames ni la surveillance de tes maîtres, ni les soins de ta famille. Explique-nous, je te prie, quel plaisir tu éprouves à te laisser ainsi dévorer tout vif. Il y a du sang dans ta tignasse.

POIL DE CAROTTE

C'est le peigne qui m'égratigne.

MADAME LEPIC

Ah ! c'est le peigne. Voilà comme tu remercies ta sœur. Tu l'entends, Ernestine ? Monsieur, délicat, se plaint de sa coiffeuse. Je te conseille, ma fille, d'abandonner tout de suite ce martyr volontaire à sa vermine.

SŒUR ERNESTINE

J'ai fini pour aujourd'hui, maman. J'ai seulement ôté le plus gros et je ferai demain une seconde tournée. Mais j'en connais une qui se parfumera d'eau de Cologne.

MADAME LEPIC

Quant à toi, Poil de Carotte, emporte ta cuvette et va l'exposer sur le mur du jardin. Il faut que tout le village défile devant, pour ta confusion.

Poil de Carotte prend la cuvette et sort ; et l'ayant déposée au soleil, il monte la garde près d'elle.

C'est la vieille Marie-Nanette qui s'approche la première. Chaque fois qu'elle rencontre Poil de Carotte,
elle s'arrête, l'observe de ses petits yeux myopes et
malins et, mouvant son bonnet noir, semble deviner
des choses.

— Qu'est-ce que c'est que ça ? dit-elle.

Poil de Carotte ne répond rien. Elle se penche sur
la cuvette.

— C'est-il des lentilles ? Ma foi, je n'y vois plus
clair. Mon garçon Pierre devrait bien m'acheter une
paire de lunettes.

Du doigt, elle touche, comme afin de goûter. Décidément, elle ne comprend pas.

— Et toi, que fais-tu là, boudeur et les yeux
troubles ? Je parie qu'on t'a grondé et mis en péni-
tence. Écoute, je ne suis pas ta grand-maman, mais
je pense ce que je pense, et je te plains, mon pauvre
petit, car j'imagine qu'ils te rendent la vie dure.

Poil de Carotte s'assure d'un coup d'œil que sa
mère ne peut l'entendre, et il dit à la vieille Marie-
Nanette :

— Et après ? Est-ce que ça vous regarde ? Mêlez-
vous donc de vos affaires et laissez-moi tranquille.

COMME BRUTUS

MONSIEUR LEPIC

Poil de Carotte, tu n'as pas travaillé l'année dernière comme j'espérais. Tes bulletins disent que tu
pourrais beaucoup mieux faire. Tu rêvasses, tu lis
des livres défendus. Doué d'une excellente mémoire,
tu obtiens d'assez bonnes notes de leçons, et tu
négliges tes devoirs[1]. Poil de Carotte, il faut songer à
devenir sérieux.

1. Les résultats scolaires de Jules Renard au lycée de Nevers
ressemblent beaucoup à ceux de son héros : voir Léon Guichard.
Dans la vigne de Jules Renard, Presses Universitaires de France,
1965, pp. 215-219.

POIL DE CAROTTE

Compte sur moi, papa. Je t'accorde que je me suis un peu laissé aller l'année dernière. Cette fois, je me sens la bonne volonté de bûcher ferme. Je ne te promets pas d'être le premier de ma classe en tout.

MONSIEUR LEPIC

Essaie quand même.

POIL DE CAROTTE

Non papa, tu m'en demandes trop. Je ne réussirai ni en géographie, ni en allemand, ni en physique et chimie, où les plus forts sont deux ou trois types nuls pour le reste et qui ne font que ça. Impossible de les dégoter ; mais je veux, — écoute, mon papa, — je veux, en composition française, bientôt tenir la corde et la garder, et si malgré mes efforts elle m'échappe, du moins je n'aurai rien à me reprocher, et je pourrai m'écrier fièrement comme Brutus : Ô vertu ! tu n'es qu'un nom.

MONSIEUR LEPIC

Ah ! mon garçon, je crois que tu les manieras.

GRAND FRÈRE FÉLIX

Qu'est-ce qu'il dit, papa ?

SŒUR ERNESTINE

Moi, je n'ai pas entendu.

MADAME LEPIC

Moi non plus. Répète voir, Poil de Carotte ?

POIL DE CAROTTE

Oh ! rien, maman.

MADAME LEPIC

Comment ? Tu ne disais rien, et tu pérorais si fort, rouge et le poing menaçant le ciel, que ta voix portait jusqu'au bout du village ! Répète cette phrase, afin que tout le monde en profite.

POIL DE CAROTTE

Ce n'est pas la peine, va, maman.

MADAME LEPIC

Si, si, tu parlais de quelqu'un ; de qui parlais-tu ?

POIL DE CAROTTE

Tu ne le connais pas, maman.

MADAME LEPIC

Raison de plus. D'abord ménage ton esprit, s'il te plaît, et obéis.

POIL DE CAROTTE

Eh bien : maman, nous causions avec mon papa qui me donnait des conseils d'ami, et par hasard, je ne sais quelle idée m'est venue, pour le remercier, de prendre l'engagement, comme ce Romain qu'on appelait Brutus, d'invoquer la vertu...

MADAME LEPIC

Turlututu, tu barbotes. Je te prie de répéter, sans y changer un mot, et sur le même ton, ta phrase de tout à l'heure. Il me semble que je ne te demande pas le Pérou et que tu peux bien faire ça pour ta mère.

GRAND FRÈRE FÉLIX

Veux-tu que je répète, moi, maman ?

MADAME LEPIC

Non, lui le premier, toi ensuite, et nous comparerons : Allez, Poil de Carotte, dépêchez.

POIL DE CAROTTE
Il balbutie, d'une voix pleurarde.

Ve-ertu tu-u n'es qu'un-un nom.

MADAME LEPIC

Je désespère. On ne peut rien tirer de ce gamin. Il se laisserait rouer de coups, plutôt que d'être agréable à sa mère.

GRAND FRÈRE FÉLIX

Tiens, maman, voilà comme il a dit : *Il roule les yeux et lance des regards de défi*. Si je ne suis pas premier en composition française, *Il gonfle ses joues et frappe du pied*, je m'écrierai comme Brutus : *Il lève les bras au plafond*. Ô vertu ! *Il les laisse retomber sur ses cuisses*, tu n'es qu'un nom ! Voilà comme il a dit.

MADAME LEPIC

Bravo, superbe ! Je te félicite, Poil de Carotte, et je déplore d'autant plus ton entêtement qu'une imitation ne vaut jamais l'original.

GRAND FRÈRE FÉLIX

Mais, Poil de Carotte, est-ce bien Brutus qui a dit ça ? Ne serait-ce pas Caton ?

POIL DE CAROTTE

Je suis sûr de Brutus. « Puis il se jeta sur une épée que lui tendit un de ses amis et mourut. »

SŒUR ERNESTINE

Poil de Carotte a raison. Je me rappelle même que Brutus simulait la folie avec de l'or dans une canne.

POIL DE CAROTTE

Pardon, sœur, tu t'embrouilles. Tu confonds mon Brutus avec un autre.

SŒUR ERNESTINE

Je croyais. Pourtant je te garantis que mademoiselle Sophie nous dicte un cours d'histoire qui vaut bien celui de ton professeur au lycée.

MADAME LEPIC

Peu importe. Ne vous disputez pas. L'essentiel est d'avoir un Brutus dans sa famille, et nous l'avons. Que grâce à Poil de Carotte, on nous envie ! Nous ne connaissions point notre honneur. Admirez le nouveau Brutus. Il parle latin comme un évêque et refuse de dire deux fois la messe pour les sourds.

Tournez-le : vu de face, il montre les taches d'une veste qu'il étrenne aujourd'hui, et vu de dos son pantalon déchiré. Seigneur, où s'est-il encore fourré ? Non, mais regardez-moi la touche de Poil de Carotte Brutus ! Espèce de petite brute, va !

LETTRES CHOISIES

DE POIL DE CAROTTE À M. LEPIC
ET QUELQUES RÉPONSES
DE M. LEPIC À POIL DE CAROTTE

De Poil de Carotte à M. Lepic.

Institution Saint-Marc.

Mon cher papa,

Mes parties de pêche des vacances m'ont mis l'humeur en mouvement. De gros clous me sortent des cuisses. Je suis au lit. Je reste couché sur le dos et madame l'infirmière me pose des cataplasmes. Tant que le clou n'a pas percé, il me fait mal. Après je n'y pense plus. Mais ils se multiplient comme des petits poulets. Pour un de guéri, trois reviennent. J'espère d'ailleurs que ce ne sera rien.

Réponse de M. Lepic.

Mon cher Poil de Carotte,

Puisque tu prépares ta première communion et que tu vas au catéchisme, tu dois savoir que l'espèce humaine ne t'a pas attendu pour avoir des clous. Jésus-Christ en avait aux pieds et aux mains. Il ne se plaignait pas et pourtant les siens étaient vrais.

Du courage !

Ton père qui t'aime.

¤¤

De Poil de Carotte à M. Lepic.

Mon cher papa,

Je t'annonce avec plaisir qu'il vient de me pousser une dent. Bien que je n'aie pas l'âge, je crois que c'est une dent de sagesse précoce. J'ose espérer qu'elle ne sera point la seule et que je te satisferai toujours par ma bonne conduite et mon application.

Ton fils affectionné.

Réponse de M. Lepic.

Mon cher Poil de Carotte,

Juste comme ta dent poussait, une des miennes se mettait à branler. Elle s'est décidée à tomber hier matin. De telle sorte que si tu possèdes une dent de plus, ton père en possède une de moins. C'est pourquoi il n'y a rien de changé et le nombre des dents de la famille reste le même [1].

Ton père qui t'aime.

¤¤

De Poil de Carotte à M. Lepic.

Mon cher papa,

Imagine-toi que c'était hier la fête de M. Jâques, notre professeur de latin, et que, d'un commun accord, les élèves m'avaient élu pour lui présenter les vœux de toute la classe. Flatté de cet honneur, je prépare longuement le discours où j'intercale à propos quelques citations latines. Sans fausse modestie,

1. Selon Léon Guichard qui dit le tenir de Marcel Boulenger, un disciple de Renard, cette réponse provient d'une lettre de François Renard à son petit-fils Fantec.

j'en suis satisfait. Je le recopie au propre sur une grande feuille de papier ministre, et, le jour venu, excité par mes camarades qui murmuraient :

— « Vas-y, vas-y donc ! » — je profite d'un moment où M. Jâques ne nous regarde pas et je m'avance vers sa chaire. Mais à peine ai-je déroulé ma feuille et articulé d'une voix forte :

VÉNÉRÉ MAÎTRE

que M. Jâques se lève furieux et s'écrie :

— Voulez-vous filer à votre place plus vite que ça !

Tu penses si je me sauve et cours m'asseoir, tandis que mes amis se cachent derrière leurs livres et que M. Jâques m'ordonne avec colère :

— Traduisez la version.

Mon cher papa, qu'en dis-tu ?

Réponse de M. Lepic.

Mon cher Poil de Carotte,

Quand tu seras député, tu en verras bien d'autres. Chacun son rôle. Si on a mis ton professeur dans une chaire, c'est apparemment pour qu'il prononce des discours et non pour qu'il écoute les tiens.

**

De Poil de Carotte à M. Lepic.

Mon cher papa,

Je viens de remettre ton lièvre à M. Legris, notre professeur d'histoire et de géographie. Certes, il me parut que ce cadeau lui faisait plaisir. Il te remercie vivement. Comme j'étais entré avec mon parapluie mouillé, il me l'ôta lui-même des mains pour le reporter au vestibule. Puis nous causâmes de choses et d'autres. Il me dit que je devais enlever, si je voulais, le premier prix d'histoire et de géographie à la fin de l'année. Mais croirais-tu que je restai sur mes jambes tout le temps que dura notre entretien, et que M. Legris, qui, à part cela, fut très aimable, je le répète, ne me désigna même pas un siège ?

Est-ce oubli ou impolitesse ?

Je l'ignore et serais curieux, mon cher papa, de savoir ton avis.

Réponse de M. Lepic.

Mon cher Poil de Carotte,

Tu réclames toujours. Tu réclames parce que M. Jâques t'envoie t'asseoir, et tu réclames parce que M. Legris te laisse debout. Tu es peut-être encore trop jeune pour exiger des égards. Et si M. Legris ne t'a pas offert une chaise, excuse-le : c'est sans doute que, trompé par ta petite taille, il te croyait assis.

⁂

De Poil de Carotte à M. Lepic.

Mon cher papa,

J'apprends que tu dois aller à Paris. Je partage la joie que tu auras en visitant la capitale que je voudrais connaître et où je serai de cœur avec toi. Je conçois que mes travaux scolaires m'interdisent ce voyage, mais je profite de l'occasion pour te demander si tu ne pourrais pas m'acheter un ou deux livres. Je sais les miens par cœur. Choisis n'importe lesquels. Au fond, ils se valent. Toutefois je désire spécialement *la Henriade*, par François-Marie Arouet de Voltaire, et *la Nouvelle Héloïse*, par Jean-Jacques Rousseau. Si tu me les rapportes (les livres ne coûtent rien à Paris), je te jure que le maître d'étude ne me les confisquera jamais.

Réponse de M. Lepic.

Mon cher Poil de Carotte,

Les écrivains dont tu me parles étaient des

hommes comme toi et moi. Ce qu'ils ont fait, tu peux le faire. Écris des livres, tu les liras ensuite.

⁂

De M. Lepic à Poil de Carotte.

Mon cher Poil de Carotte,

Ta lettre de ce matin m'étonne fort. Je la relis vainement. Ce n'est plus ton style ordinaire et tu y parles de choses bizarres qui ne me semblent ni de ta compétence ni de la mienne.

D'habitude, tu nous racontes tes petites affaires, tu nous écris les places que tu obtiens, les qualités et les défauts que tu trouves à chaque professeur, les noms de tes nouveaux camarades, l'état de ton linge, si tu dors et si tu manges bien.

Voilà ce qui m'intéresse. Aujourd'hui, je ne comprends plus. A propos de quoi, s'il te plaît, cette sortie sur le printemps quand nous sommes en hiver ? Que veux-tu dire ? As-tu besoin d'un cache-nez ? Ta lettre n'est pas datée et on ne sait si tu l'adresses à moi ou au chien. La forme même de ton écriture me paraît modifiée, et la disposition des lignes, la quantité de majuscules me déconcertent. Bref, tu as l'air de te moquer de quelqu'un. Je suppose que c'est de toi, et je tiens à t'en faire non un crime, mais l'observation.

Réponse de Poil de Carotte.

Mon cher papa,

Un mot à la hâte pour t'expliquer ma dernière lettre. Tu ne t'es pas aperçu qu'elle était *en vers*.

LE TOITON

Ce petit toit où, tour à tour, ont vécu des poules, des lapins, des cochons, vide maintenant, appartient

en toute propriété à Poil de Carotte pendant les
vacances. Il y entre commodément, car le toiton n'a
plus de porte. Quelques grêles orties en parent le
seuil, et si Poil de Carotte les regarde à plat ventre,
elles lui semblent une forêt. Une poussière fine
recouvre le sol. Les pierres des murs luisent d'humidité. Poil de Carotte frôle le plafond de ses cheveux.
Il est là chez lui et s'y divertit, dédaigneux des jouets
encombrants, aux frais de son imagination.

Son principal amusement consiste à creuser
quatre nids avec son derrière, un à chaque coin du
toiton. Il ramène de sa main, comme d'une truelle,
des bourrelets de poussière et se cale.

Le dos au mur lisse, les jambes pliées, les mains
croisées sur ses genoux, gîté, il se trouve bien. Vraiment il ne peut pas tenir moins de place. Il oublie le
monde, ne le craint plus. Seul un bon coup de tonnerre le troublerait.

L'eau de vaisselle qui coule non loin de là, par le
trou de l'évier, tantôt à torrents, tantôt goutte à
goutte, lui envoie des bouffées fraîches.

Brusquement, une alerte.

Des appels approchent, des pas.

— Poil de Carotte ? Poil de Carotte ?

Une tête se baisse et Poil de Carotte, réduit en
boulette, se poussant dans la terre et le mur, le
souffle mort, la bouche grande, le regard même
immobilisé, sent que des yeux fouillent l'ombre.

— Poil de Carotte, es-tu là ?

Les tempes bosselées, il souffre. Il va crier
d'angoisse.

— Il n'y est pas, le petit animal. Où diable est-il ?

On s'éloigne, et le corps de Poil de Carotte se dilate
un peu, reprend de l'aise.

Sa pensée parcourt encore de longues routes de
silence.

Mais un vacarme emplit ses oreilles. Au plafond,
un moucheron s'est pris dans une toile d'araignée,
vibre et se débat. Et l'araignée glisse le long d'un fil.

Son ventre a la blancheur d'une mie de pain. Elle reste un instant suspendue, inquiète, pelotonnée.

Poil de Carotte, sur la pointe des fesses, la guette, aspire au dénouement, et quand l'araignée tragique fonce, ferme l'étoile de ses pattes, étreint la proie à manger, il se dresse debout, passionné, comme s'il voulait sa part.

Rien de plus.

L'araignée remonte. Poil de Carotte se rassied, retourne en lui, en son âme de lièvre où il fait noir.

Bientôt, comme un filet d'eau alourdie par le sable, sa rêvasserie, faute de pente, s'arrête, forme flaque, et croupit.

LE CHAT

I

Poil de Carotte l'a entendu dire : rien ne vaut la viande de chat pour pêcher les écrevisses, ni les tripes d'un poulet, ni les déchets d'une boucherie.

Or il connaît un chat, méprisé parce qu'il est vieux, malade et, çà et là, pelé. Poil de Carotte l'invite à venir prendre une tasse de lait chez lui, dans son toiton. Ils seront seuls. Il se peut qu'un rat s'aventure hors du mur, mais Poil de Carotte ne promet que la tasse de lait. Il l'a posée dans un coin. Il y pousse le chat et dit :

— Régale-toi.

Il lui flatte l'échine, lui donne des noms tendres, observe ses vifs coups de langue, puis s'attendrit.

— Pauvre vieux, jouis de ton reste.

Le chat vide la tasse, nettoie le fond, essuie le bord, et il ne lèche plus que ses lèvres sucrées.

— As-tu fini, bien fini ? demande Poil de Carotte, qui le caresse toujours. Sans doute, tu boirais volontiers une autre tasse ; mais je n'ai pu voler que celle-là. D'ailleurs, un peu plus tôt, un peu plus tard !...

A ces mots, il lui applique au front le canon de sa carabine et fait feu.

La détonation étourdit Poil de Carotte. Il croit que le toiton même a sauté, et quand le nuage se dissipe, il voit, à ses pieds, le chat qui le regarde d'un œil.

Une moitié de la tête est emportée, et le sang coule dans la tasse de lait.

— Il n'a pas l'air mort, dit Poil de Carotte. Mâtin, j'ai pourtant visé juste.

Il n'ose bouger, tant l'œil unique, d'un jaune éclat, l'inquiète.

Le chat, par le tremblement de son corps, indique qu'il vit, mais ne tente aucun effort pour se déplacer. Il semble saigner exprès dans la tasse, avec le soin que toutes les gouttes y tombent.

Poil de Carotte n'est pas un débutant. Il a tué des oiseaux sauvages, les animaux domestiques, un chien, pour son propre plaisir ou pour le compte d'autrui. Il sait comment on procède, et que si la bête a la vie dure, il faut se dépêcher, s'exciter, rager, risquer, au besoin, une lutte corps à corps. Sinon, des accès de fausse sensibilité nous surprennent. On devient lâche. On perd du temps ; on n'en finit jamais.

D'abord, il essaie quelques agaceries prudentes. Puis il empoigne le chat par la queue et lui assène sur la nuque des coups de carabine si violents, que chacun d'eux paraît le dernier, le coup de grâce.

Les pattes folles, le chat moribond griffe l'air, se recroqueville en boule, ou se détend et ne crie pas.

— Qui donc m'affirmait que les chats pleurent, quand ils meurent ? dit Poil de Carotte.

Il s'impatiente. C'est trop long. Il jette sa carabine, cercle le chat de ses bras, et s'exaltant à la pénétration des griffes, les dents jointes, les veines orageuses, il l'étouffe.

Mais il s'étouffe aussi, chancelle, épuisé, et tombe

par terre, assis, sa figure collée contre la figure, ses deux yeux dans l'œil du chat.

II

Poil de Carotte est maintenant couché sur son lit de fer.

Ses parents et les amis de ses parents mandés en hâte, visitent, courbés sous le plafond bas du toiton, les lieux où s'accomplit le drame.

— Ah ! dit sa mère, j'ai dû centupler mes forces pour lui arracher le chat broyé sur son cœur. Je vous certifie qu'il ne me serre pas ainsi, moi.

Et tandis qu'elle explique les traces d'une férocité qui plus tard, aux veillées de famille, apparaîtra légendaire, Poil de Carotte dort et rêve :

Il se promène le long d'un ruisseau, où les rayons d'une lune inévitable remuent, se croisent comme les aiguilles d'une tricoteuse.

Sur les pêchettes[1], les morceaux du chat flamboient à travers l'eau transparente.

Des brumes blanches glissent au ras du pré, cachent peut-être de légers fantômes.

Poil de Carotte, ses mains derrière son dos, leur prouve qu'ils n'ont rien à craindre.

Un bœuf approche, s'arrête et souffle, détale ensuite, répand jusqu'au ciel le bruit de ses quatre sabots et s'évanouit.

Quel calme, si le ruisseau bavard ne caquetait pas, ne chuchotait pas, n'agaçait pas autant, à lui seul, qu'une assemblée de vieilles femmes.

Poil de Carotte, comme s'il voulait le frapper pour le faire taire, lève doucement un bâton de pêchette et voici que du milieu des roseaux montent des écrevisses géantes.

Elles croissent encore et sortent de l'eau, droites, luisantes.

1. Petits filets de fer pour la pêche aux écrevisses, appelés d'ordinaire « balances ».

Poil de Carotte, alourdi par l'angoisse, ne sait pas fuir.

Et les écrevisses l'entourent.

Elles se haussent vers sa gorge.

Elles crépitent[1].

Déjà elles ouvrent leurs pinces toutes grandes.

LES MOUTONS

Poil de Carotte n'aperçoit d'abord que de vagues boules sautantes. Elles poussent des cris étourdissants et mêlés, comme des enfants qui jouent sous un préau d'école. L'une d'elles se jette dans ses jambes, et il en éprouve quelque malaise. Une autre bondit en pleine projection de lucarne. C'est un agneau. Poil de Carotte sourit d'avoir eu peur. Ses yeux s'habituent graduellement à l'obscurité, et les détails se précisent.

L'époque des naissances a commencé. Chaque matin, le fermier Pajol compte deux ou trois agneaux de plus. Il les trouve égarés parmi les mères, gauches, flageolant sur leurs pattes raides : quatre morceaux de bois d'une sculpture grossière.

Poil de Carotte n'ose pas encore les caresser. Plus hardis, ils suçotent déjà ses souliers, ou posent leurs pieds de devant sur lui, un brin de foin dans la bouche.

Les vieux, ceux d'une semaine, se détendent d'un violent effort de l'arrière-train et exécutent un zigzag en l'air. Ceux d'un jour, maigres, tombent sur leurs genoux anguleux, pour se relever pleins de vie. Un petit qui vient de naître se traîne, visqueux et non léché. Sa mère, gênée par sa bourse gonflée d'eau et ballottante, le repousse à coups de tête.

1. Renard a écrit à Marcel Schwob le 2 décembre 1892 qu'il aurait préféré « grésillent » mais qu'il a reculé devant une faute de français.

— Une mauvaise mère ! dit Poil de Carotte.

— C'est chez les bêtes comme chez le monde, dit Pajol.

— Elle voudrait, sans doute, le mettre en nourrice.

— Presque, dit Pajol. Il faut à plus d'un donner le biberon, un biberon comme ceux qu'on achète au pharmacien. Ça ne dure pas, la mère s'attendrit. D'ailleurs, on les mate.

Il la prend par les épaules et l'isole dans une cage. Il lui noue au cou une cravate de paille pour la reconnaître, si elle s'échappe. L'agneau l'a suivie. La brebis mange avec un bruit de râpe, et le petit, frissonnant, se dresse sur ses membres mous, essaie de téter, plaintif, le museau enveloppé d'une gelée tremblante.

— Et vous croyez qu'elle reviendra à des sentiments plus humains ? dit Poil de Carotte.

— Oui, quand son derrière sera guéri, dit Pajol : elle a eu des couches dures.

— Je tiens à mon idée, dit Poil de Carotte. Pourquoi ne pas confier provisoirement le petit aux soins d'une étrangère ?

— Elle le refuserait, dit Pajol.

En effet, des quatre coins de l'écurie, les bêlements des mères se croisent, sonnent l'heure des tétées et, monotones aux oreilles de Poil de Carotte, sont nuancés pour les agneaux, car, sans confusion, chacun se précipite droit aux tétines maternelles.

— Ici, dit Pajol, point de voleuses d'enfants.

— Bizarre, dit Poil de Carotte, cet instinct de la famille chez ces ballots de laine. Comment l'expliquer ? Peut-être par la finesse de leur nez.

Il a presque envie d'en boucher un, pour voir.

Il compare profondément les hommes avec les moutons, et voudrait connaître les petits noms des agneaux.

Tandis qu'avides ils sucent, leurs mamans, les flancs battus de brusques coups de nez, mangent paisibles, indifférentes. Poil de Carotte remarque dans l'eau d'une auge des débris de chaînes, des cercles de roues, une pelle usée.

— Elle est propre, votre auge ! dit-il d'un ton fin. Assurément, vous enrichissez le sang des bêtes au moyen de cette ferraille !

— Comme de juste, dit Pajol. Tu avales bien des pilules, toi !

Il offre à Poil de Carotte de goûter l'eau. Afin qu'elle devienne encore plus fortifiante, il y jette n'importe quoi.

— Veux-tu un berdin[1] ? dit-il.

— Volontiers, dit Poil de Carotte sans savoir ; merci d'avance.

Pajol fouille l'épaisse laine d'une mère et attrape avec ses ongles un berdin jaune, rond, dodu, repu, énorme. Selon Pajol, deux de cette taille dévoreraient la tête d'un enfant comme une prune. Il le met au creux de la main de Poil de Carotte et l'engage, s'il veut rire et s'amuser, à le fourrer dans le cou ou les cheveux de ses frère et sœur.

Déjà le berdin travaille, attaque la peau. Poil de Carotte éprouve des picotements aux doigts, comme s'il tombait du grésil. Bientôt au poignet, ils gagnent le coude. Il semble que le berdin se multiplie, qu'il va ronger le bras jusqu'à l'épaule.

Tant pis, Poil de Carotte le serre ; il l'écrase et essuie sa main sur le dos d'une brebis, sans que Pajol s'en aperçoive.

Il dira qu'il l'a perdu.

Un instant encore, Poil de Carotte écoute, recueilli, les bêlements qui se calment peu à peu. Tout à l'heure, on n'entendra plus que le bruissement sourd du foin broyé entre les mâchoires lentes.

Accrochée à un barreau de râtelier, une limousine[2] aux raies éteintes semble garder les moutons toute seule.

PARRAIN

Quelquefois Mme Lepic permet à Poil de Carotte

1. Un pou.
2. Manteau de laine commune.

d'aller voir son parrain[1] et même de coucher avec lui. C'est un vieil homme bourru, solitaire, qui passe sa vie à la pêche ou dans la vigne. Il n'aime personne et ne supporte que Poil de Carotte.

— Te voilà, canard ! dit-il.

— Oui, parrain, dit Poil de Carotte sans l'embrasser, m'as-tu préparé ma ligne ?

— Nous en aurons assez d'une pour nous deux, dit parrain.

Poil de Carotte ouvre la porte de la grange et voit sa ligne prête. Ainsi son parrain le taquine toujours, mais Poil de Carotte averti ne se fâche plus et cette manie du vieil homme complique à peine leurs relations. Quand il dit oui, il veut dire non et réciproquement. Il ne s'agit que de ne pas s'y tromper.

— Si ça l'amuse, ça ne me gêne guère, pense Poil de Carotte.

Et ils restent bons camarades.

Parrain, qui d'ordinaire ne fait de cuisine qu'une fois par semaine pour toute la semaine, met au feu, en l'honneur de Poil de Carotte, un grand pot de haricots avec un bon morceau de lard et, pour commencer la journée, le force à boire un verre de vin pur.

Puis ils vont pêcher.

Parrain s'assied au bord de l'eau et déroule méthodiquement son crin de Florence. Il consolide avec de lourdes pierres ses lignes impressionnantes et ne pêche que les gros qu'il roule au frais dans une serviette et lange comme des enfants.

— Surtout, dit-il à Poil de Carotte, ne lève ta ligne que lorsque ton bouchon aura enfoncé trois fois.

POIL DE CAROTTE

Pourquoi trois ?

PARRAIN

La première ne signifie rien : le poisson mordille.

1. Jules Renard avait pour parrain Pierre Renard, le frère aîné de son père. Ayant fait de mauvaises affaires et ne s'entendant pas avec sa femme, il partageait la maison paternelle avec le père de Renard.

La seconde, c'est sérieux : il avale. La troisième, c'est sûr : il ne s'échappera plus. On ne tire jamais trop tard.

Poil de Carotte préfère la pêche aux goujons. Il se déchausse, entre dans la rivière et avec ses pieds agite le fond sablonneux pour faire de l'eau trouble. Les goujons stupides accourent et Poil de Carotte en sort un à chaque jet de ligne. A peine a-t-il le temps de crier au parrain :

— Seize, dix-sept, dix-huit !...

Quand parrain voit le soleil au-dessus de sa tête, on rentre déjeuner. Il bourre Poil de Carotte de haricots blancs.

— Je ne connais rien de meilleur, lui dit-il, mais je les veux cuits en bouillie. J'aimerais mieux mordre le fer d'une pioche que manger un haricot qui croque sous la dent, craque comme un grain de plomb dans une aile de perdrix.

POIL DE CAROTTE

Ceux-là fondent sur la langue. D'habitude maman ne les fait pas trop mal. Pourtant ce n'est plus ça. Elle doit ménager la crème.

PARRAIN

Canard, j'ai du plaisir à te voir manger. Je parie que tu ne manges point ton content, chez ta mère.

POIL DE CAROTTE

Tout dépend de son appétit. Si elle a faim, je mange à sa faim. En se servant elle me sert par-dessus le marché. Si elle a fini, j'ai fini aussi.

PARRAIN

On en redemande, bêta.

POIL DE CAROTTE

C'est facile à dire, mon vieux. D'ailleurs il vaut toujours mieux rester sur sa faim.

PARRAIN

Et moi qui n'ai pas d'enfant, je lécherais le derrière d'un singe, si ce singe était mon enfant ! Arrangez ça.

Ils terminent leur journée dans la vigne, où Poil de Carotte, tantôt regarde piocher son parrain et le suit pas à pas, tantôt, couché sur des fagots de sarment et les yeux au ciel, suce des brins d'osier.

LA FONTAINE

Il ne couche pas avec son parrain pour le plaisir de dormir. Si la chambre est froide, le lit de plume est trop chaud, et la plume, douce aux vieux membres du parrain, met vite le filleul en nage. Mais il couche loin de sa mère.

— Elle te fait donc bien peur ? dit parrain.

POIL DE CAROTTE

Ou plutôt, moi je ne lui fais pas assez peur. Quand elle veut donner une correction à mon frère, il saute sur un manche de balai, se campe devant elle, et je te jure qu'elle s'arrête court. Aussi elle préfère le prendre par les sentiments. Elle dit que la nature de Félix est si susceptible qu'on n'en ferait rien avec des coups et qu'ils s'appliquent mieux à la mienne.

PARRAIN

Tu devrais essayer du balai, Poil de Carotte.

POIL DE CAROTTE

Ah ! si j'osais ! nous nous sommes souvent battus, Félix et moi, pour de bon ou pour jouer. Je suis aussi fort que lui. Je me défendrais comme lui. Mais je me vois armé d'un balai contre maman. Elle croirait que je l'apporte. Il tomberait de mes mains dans les siennes, et peut-être qu'elle me dirait merci, avant de taper.

PARRAIN

Dors, canard, dors !

Ni l'un ni l'autre ne peut dormir. Poil de Carotte se retourne, étouffe et cherche de l'air, et son vieux parrain en a pitié.

Tout à coup, comme Poil de Carotte va s'assoupir, parrain lui saisit le bras.

— Es-tu là, canard ? dit-il. Je rêvais, je te croyais encore dans la fontaine. Te souviens-tu de la fontaine ?

POIL DE CAROTTE

Comme si j'y étais, parrain. Je ne te le reproche pas, mais tu m'en parles souvent.

PARRAIN

Mon pauvre canard, dès que j'y pense, je tremble de tout mon corps. Je m'étais endormi sur l'herbe. Tu jouais au bord de la fontaine, tu as glissé, tu es tombé, tu criais, tu te débattais, et moi, misérable, je n'entendais rien. Il y avait à peine de l'eau pour noyer un chat. Mais tu ne te relevais pas. C'était là le malheur, tu ne pensais donc plus à te relever ?

POIL DE CAROTTE

Si tu crois que je me rappelle ce que je pensais dans la fontaine !

PARRAIN

Enfin ton barbotement me réveille. Il était temps. Pauvre canard ! pauvre canard ! Tu vomissais comme une pompe. On t'a changé, on t'a mis le costume des dimanches du petit Bernard.

POIL DE CAROTTE

Oui, il me piquait. Je me grattais. C'était donc un costume de crin ?

PARRAIN

Non, mais le petit Bernard n'avait pas de chemise propre à te prêter. Je ris aujourd'hui, et une minute, une seconde de plus, je te relevais mort.

POIL DE CAROTTE

Je serais loin.

PARRAIN

Tais-toi. Je m'en suis dit des sottises, et depuis je n'ai jamais passé une bonne nuit. Mon sommeil perdu, c'est ma punition ; je la mérite.

POIL DE CAROTTE

Moi, parrain, je ne la mérite pas et je voudrais bien dormir.

PARRAIN

Dors, canard, dors.

POIL DE CAROTTE

Si tu veux que je dorme, mon vieux parrain, lâche ma main. Je te la rendrai après mon somme. Et retire aussi ta jambe, à cause de tes poils. Il m'est impossible de dormir quand on me touche.

LES PRUNES

Quelque temps agités, ils remuent dans la plume et le parrain dit :

— Canard, dors-tu ?

POIL DE CAROTTE

Non, parrain.

PARRAIN

Moi non plus. J'ai envie de me lever. Si tu veux, nous allons chercher des vers.

— C'est une idée, dit Poil de Carotte.

Ils sautent du lit, s'habillent, allument une lanterne et vont dans le jardin.

Poil de Carotte porte la lanterne, et le parrain une boîte de fer-blanc, à moitié pleine de terre mouillée.

Il y entretient une provision de vers pour sa pêche. Il les recouvre d'une mousse humide, de sorte qu'il n'en manque jamais. Quand il a plu toute la journée, la récolte est abondante.

— Prends garde de marcher dessus, dit-il à Poil de Carotte, va doucement. Si je ne craignais les rhumes, je mettrais des chaussons. Au moindre bruit, le ver rentre dans son trou. On ne l'attrape que s'il s'éloigne trop de chez lui. Il faut le saisir brusquement et le serrer un peu pour qu'il ne glisse pas. S'il est à demi rentré, lâche-le : tu le casserais. Et un ver coupé ne vaut rien. D'abord il pourrit les autres, et les poissons délicats les dédaignent. Certains pêcheurs économisent leurs vers ; ils ont tort. On ne pêche de beaux poissons qu'avec des vers entiers, vivants et qui se recroquevillent au fond de l'eau. Le poisson s'imagine qu'ils se sauvent, court après et dévore tout de confiance.

— Je les rate presque toujours, murmure Poil de Carotte, et j'ai les doigts barbouillés de leur sale bave.

PARRAIN

Un ver n'est pas sale. Un ver est ce qu'on trouve de plus propre au monde. Il ne se nourrit que de terre, et si on le presse, il ne rend que de la terre. Pour ma part, j'en mangerais.

POIL DE CAROTTE

Pour la mienne, je te la cède. Mange voir.

PARRAIN

Ceux-ci sont un peu gros. Il faudrait d'abord les faire griller, puis les écarter sur du pain. Mais je mange crus les petits, par exemple ceux des prunes.

POIL DE CAROTTE

Oui, je sais. Aussi tu dégoûtes ma famille, maman surtout, et dès qu'elle pense à toi, elle a mal au cœur. Moi, je t'approuve sans t'imiter, car tu n'es pas difficile et nous nous entendons très bien.

Il lève sa lanterne, attire une branche de prunier, et cueille quelques prunes. Il garde les bonnes et donne les véreuses à parrain, qui dit, les avalant d'un coup, toutes rondes, noyau compris :

— Ce sont les meilleures.

POIL DE CAROTTE

Oh ! je finirai par m'y mettre et j'en mangerai comme toi. Je crains seulement de sentir mauvais et que maman ne le remarque, si elle m'embrasse.

— Ça ne sent rien, dit parrain, et il souffle au visage de son filleul.

POIL DE CAROTTE

C'est vrai. Tu ne sens que le tabac. Par exemple tu le sens à plein nez. Je t'aime bien, mon vieux parrain, mais je t'aimerais davantage, plus que tous les autres, si tu ne fumais pas la pipe.

PARRAIN

Canard ! canard ! ça conserve.

MATHILDE

— Tu sais, maman, dit sœur Ernestine essoufflée à Mme Lepic, Poil de Carotte joue encore au mari et à la femme avec la petite Mathilde, dans le pré. Grand frère Félix les habille. C'est pourtant défendu, si je ne me trompe.

En effet, dans le pré, la petite Mathilde se tient immobile et raide sous sa toilette de clématite sauvage à fleurs blanches. Toute parée, elle semble vraiment une fiancée garnie d'oranger. Et elle en a, de quoi calmer toutes les coliques de la vie.

La clématite, d'abord nattée en couronne sur la tête, descend par flots sous le menton, derrière le dos, le long des bras, volubile, enguirlande la taille et forme à terre une queue rampante que grand frère Félix ne se lasse pas d'allonger.

Il se recule et dit :

— Ne bouge plus ! A ton tour, Poil de Carotte.

A son tour, Poil de Carotte est habillé en jeune marié, également couvert de clématites où, çà et là, éclatent des pavots, des cenelles[1], un pissenlit jaune, afin qu'on puisse le distinguer de Mathilde. Il n'a pas envie de rire, et tous trois gardent leur sérieux. Ils savent quel ton convient à chaque cérémonie. On doit rester triste aux enterrements, dès le début, jusqu'à la fin, et grave aux mariages, jusqu'après la messe. Sinon, ce n'est plus amusant de jouer.

— Prenez-vous la main, dit grand frère Félix. En avant ! doucement.

Ils s'avancent au pas, écartés. Quand Mathilde s'empêtre, elle retrousse sa traîne et la tient entre ses doigts. Poil de Carotte galamment l'attend, une jambe levée.

Grand frère Félix les conduit par le pré. Il marche à reculons, et les bras en balancier leur indique la cadence. Il se croit M. le Maire et les salue, puis M. le Curé et les bénit, puis l'ami qui félicite et il les complimente, puis le violoniste et il racle, avec un bâton, un autre bâton.

Il les promène de long en large.

— Halte ! dit-il, ça se dérange.

Mais le temps d'aplatir d'une claque la couronne de Mathilde, il remet le cortège en branle.

— Aïe ! fait Mathilde qui grimace.

Une vrille de clématite lui tire les cheveux. Grand frère Félix arrache le tout. On continue.

— Ça y est, dit-il, maintenant vous êtes mariés, bichez-vous.

Comme ils hésitent :

— Eh bien ! quoi ! bichez-vous. Quand on est marié on se biche. Faites-vous la cour, une déclaration. Vous avez l'air plombés.

---

1. Baie rouge de l'aubépine.

Supérieur, il se moque de leur inhabileté, lui qui, peut-être, a déjà prononcé des paroles d'amour. Il donne l'exemple et biche Mathilde le premier, pour sa peine.

Poil de Carotte s'enhardit, cherche à travers la plante grimpante le visage de Mathilde et la baise sur la joue.

— Ce n'est pas de la blague, dit-il, je me marierais bien avec toi.

Mathilde, comme elle l'a reçu, lui rend son baiser. Aussitôt, gauches, gênés, ils rougissent tous deux.

Grand frère Félix leur montre les cornes.

— Soleil ! soleil !

Il se frotte deux doigts l'un contre l'autre et trépigne, des bousilles[1] aux lèvres.

— Sont-ils buses ! ils croient que c'est arrivé !

— D'abord, dit Poil de Carotte, je ne pique pas de soleil, et puis ricane, ricane, ce n'est pas toi qui m'empêcheras de me marier avec Mathilde, si maman veut.

Mais voici que maman vient répondre elle-même qu'elle ne veut pas. Elle pousse la barrière du pré. Elle entre, suivie d'Ernestine la rapporteuse. En passant près de la haie, elle casse une rouette[2] dont elle ôte les feuilles et garde les épines.

Elle arrive droit, inévitable comme l'orage.

— Gare les calottes, dit grand frère Félix.

Il s'enfuit au bout du pré. Il est à l'abri et peut voir.

Poil de Carotte ne se sauve jamais. D'ordinaire, quoique lâche, il préfère en finir vite, et aujourd'hui il se sent brave.

Mathilde, tremblante, pleure comme une veuve, avec des hoquets.

POIL DE CAROTTE

Ne crains rien. Je connais maman, elle n'en a que pour moi. J'attraperai tout.

MATHILDE

Oui, mais ta maman va le dire à ma maman, et ma maman va me battre.

---

1. Voir note 1, page 39.
2. Branche fine et flexible servant à attacher les fagots.

POIL DE CAROTTE

Corriger ; on dit corriger, comme pour les devoirs de vacances. Est-ce qu'elle te corrige, ta maman ?

MATHILDE

Des fois ; ça dépend.

POIL DE CAROTTE

Pour moi, c'est toujours sûr.

MATHILDE

Mais je n'ai rien fait.

POIL DE CAROTTE

Ça ne fait rien. Attention !

Mme Lepic approche. Elle les tient. Elle a le temps. Elle ralentit son allure. Elle est si près que sœur Ernestine, par peur des chocs en retour, s'arrête au bord du cercle où l'action se concentrera. Poil de Carotte se campe devant « sa femme », qui sanglote plus fort. Les clématites sauvages mêlent leurs fleurs blanches. La rouette de Mme Lepic se lève, prête à cingler. Poil de Carotte, pâle, croise ses bras, et la nuque raccourcie, les reins chauds déjà, les mollets lui cuisant d'avance, il a l'orgueil de s'écrier :

— Qu'est-ce que ça fait, pourvu qu'on rigole[1] !

LE COFFRE-FORT

Le lendemain, comme Poil de Carotte rencontre Mathilde, elle lui dit :

---

1. Il s'agit d'une « scie », d'un refrain à la mode des années 90, et dont l'auteur était Jules Jouy.

— Ta maman est venue tout rapporter à ma maman et j'ai reçu une bonne fessée. Et toi ?

POIL DE CAROTTE

Moi, je ne me rappelle plus. Mais tu ne méritais pas d'être battue, nous ne faisions rien de mal.

MATHILDE

Non, pour sûr.

POIL DE CAROTTE

Je t'affirme que je parlais sérieusement, quand je te disais que je me marierais bien avec toi.

MATHILDE

Moi, je me marierais bien avec toi aussi.

POIL DE CAROTTE

Je pourrais te mépriser parce que tu es pauvre et que je suis riche, mais n'aie pas peur, je t'estime.

MATHILDE

Tu es riche à combien, Poil de Carotte ?

POIL DE CAROTTE

Mes parents ont au moins un million.

MATHILDE

Combien que ça fait un million ?

POIL DE CAROTTE

Ça fait beaucoup ; les millionnaires ne peuvent jamais dépenser tout leur argent.

MATHILDE

Souvent, mes parents se plaignent de n'en avoir guère.

POIL DE CAROTTE

Oh ! les miens aussi. Chacun se plaint pour qu'on le plaigne, et pour flatter les jaloux. Mais je sais que nous sommes riches. Le premier jour du mois, papa reste un instant seul dans sa chambre. J'entends grincer la serrure du coffre-fort. Elle grince comme les rainettes, le soir. Papa dit un mot que personne ne connaît, ni maman, ni mon frère, ni ma sœur, personne, excepté lui et moi, et la porte du coffre-fort s'ouvre. Papa y prend de l'argent et va le déposer sur la table de la cuisine. Il ne dit rien, il fait seulement sonner les pièces, afin que maman, occupée au fourneau, soit avertie. Papa sort. Maman se retourne et ramasse vite l'argent. Tous les mois ça se passe ainsi, et ça dure depuis longtemps, preuve qu'il y a plus d'un million dans le coffre-fort.

MATHILDE

Et pour l'ouvrir, il dit un mot. Quel mot ?

POIL DE CAROTTE

Ne cherche pas, tu perdrais ta peine. Je te le dirai quand nous serons mariés à la condition que tu me promettras de ne jamais le répéter.

MATHILDE

Dis-le-moi tout de suite. Je te promets tout de suite de ne jamais le répéter.

POIL DE CAROTTE

Non, c'est notre secret à papa et à moi.

MATHILDE

Tu ne le sais pas. Si tu le savais, tu me le dirais.

POIL DE CAROTTE

Pardon, je le sais.

MATHILDE

Tu ne le sais pas, tu ne le sais pas. C'est bien fait, c'est bien fait.

— Parions que je le sais, dit Poil de Carotte gravement.

— Parions quoi ? dit Mathilde hésitante.

— Laisse-moi te toucher où je voudrai, dit Poil de Carotte, et tu sauras le mot.

Mathilde regarde Poil de Carotte. Elle ne

comprend pas bien. Elle ferme presque ses yeux gris de sournoise, et elle a maintenant deux curiosités au lieu d'une.

— Dis le mot d'abord, Poil de Carotte.

POIL DE CAROTTE

Tu me jures qu'après tu te laisseras toucher où je voudrais ?

MATHILDE

Maman me défend de jurer.

POIL DE CAROTTE

Tu ne sauras pas le mot.

MATHILDE

Je m'en fiche bien de ton mot. Je l'ai deviné, oui, je l'ai deviné.

Poil de Carotte, impatienté, brusque les choses.

— Écoute, Mathilde, tu n'as rien deviné du tout. Mais je me contente de ta parole d'honneur. Le mot que papa prononce avant d'ouvrir son coffre-fort, c'est « Lustucru ». A présent, je peux toucher où je veux.

— Lustucru ! Lustucru ! dit Mathilde, qui recule avec le plaisir de connaître un secret et la peur qu'il ne vaille rien. Vraiment, tu ne t'amuses pas de moi ?

Puis, comme Poil de Carotte, sans répondre, s'avance, décidé, la main tendue, elle se sauve. Et Poil de Carotte entend qu'elle rit sec.

Et elle a disparu qu'il entend qu'on ricane derrière lui.

Il se retourne. Par la lucarne d'une écurie, un domestique du château sort la tête et montre les dents.

— Je t'ai vu, Poil de Carotte, s'écrie-t-il, je rapporterai tout à ta mère.

POIL DE CAROTTE

Je jouais, mon vieux Pierre. Je voulais attraper la petite. Lustucru est un faux nom que j'ai inventé. D'abord, je ne connais point le vrai.

PIERRE

Tranquillise-toi, Poil de Carotte, je me moque de Lustucru et je n'en parlerai pas à ta mère. Je lui parlerai du reste.

POIL DE CAROTTE

Du reste ?

PIERRE

Oui, du reste. Je t'ai vu, je t'ai vu, Poil de Carotte ; dis voir un peu que je ne t'ai pas vu. Ah ! tu vas bien pour ton âge. Mais tes plats à barbe[1] s'élargiront ce soir !

Poil de Carotte ne trouve rien à répliquer. Rouge de figure au point que la couleur naturelle de ses cheveux semble s'éteindre, il s'éloigne, les mains dans ses poches, à la crapaudine[2], en reniflant.

LES TÊTARDS

Poil de Carotte joue seul dans la cour, au milieu, afin que Mme Lepic puisse le surveiller par la fenêtre, et il s'exerce à jouer comme il faut, quand le camarade Rémy paraît. C'est un garçon du même âge, qui boite et veut toujours courir, de sorte que sa jambe gauche infirme traîne derrière l'autre et ne la rattrape jamais. Il porte un panier et dit :

— Viens-tu, Poil de Carotte ? Papa met le chanvre dans la rivière. Nous l'aiderons et nous pêcherons des têtards avec des paniers.

— Demande à maman, dit Poil de Carotte.

RÉMY

Pourquoi moi ?

1. Plaisant et familier pour désigner les oreilles.
2. A la manière lourde d'un crapaud.

POIL DE CAROTTE

Parce qu'à moi elle ne me donnera pas la permission.

Juste, Mme Lepic se montre à la fenêtre.

— Madame, dit Rémy, voulez-vous, s'il vous plaît, que j'emmène Poil de Carotte pêcher des têtards ?

Mme Lepic colle son oreille au carreau. Rémy répète en criant. Mme Lepic a compris. On la voit qui remue la bouche. Les deux amis n'entendent rien et se regardent indécis. Mais Mme Lepic agite la tête et fait clairement signe que non.

— Elle ne veut pas, dit Poil de Carotte. Sans doute, elle aura besoin de moi, tout à l'heure.

RÉMY

Tant pis, on se serait rudement amusés. Elle ne veut pas, elle ne veut pas.

POIL DE CAROTTE

Reste. Nous jouerons ici.

RÉMY

Ah ! non, par exemple. J'aime mieux pêcher des têtards. Il fait doux. J'en ramasserai des pleins paniers.

POIL DE CAROTTE

Attends un peu. Maman refuse toujours pour commencer. Puis, des fois, elle se ravise.

RÉMY

J'attendrai un petit quart, mais pas plus.

Plantés là tous deux, les mains dans les poches, ils observent sournoisement l'escalier et bientôt Poil de Carotte pousse Rémy du coude.

— Qu'est-ce que je te disais ?

En effet, la porte s'ouvre et Mme Lepic, tenant à la main un panier pour Poil de Carotte, descend une marche. Mais elle s'arrête, défiante.

— Tiens, te voilà encore, Rémy ! Je te croyais parti. J'avertirai ton papa que tu musardes et il te grondera.

RÉMY

Madame, c'est Poil de Carotte qui m'a dit d'attendre.

MADAME LEPIC

Ah ! vraiment, Poil de Carotte ?

Poil de Carotte n'approuve pas et ne nie pas. Il ne sait plus. Il connaît Mme Lepic sur le bout du doigt. Il l'avait devinée une fois encore. Mais puisque cet imbécile de Rémy brouille les choses, gâte tout, Poil de Carotte se désintéresse du dénouement. Il écrase de l'herbe sous son pied et regarde ailleurs.

— Il me semble pourtant, dit Mme Lepic, que je n'ai pas l'habitude de me rétracter.

Elle n'ajoute rien.

Elle remonte l'escalier. Elle rentre avec le panier que devait emporter Poil de Carotte pour pêcher des têtards et qu'elle avait vidé de ses noix fraîches, exprès.

Rémy est déjà loin.

Mme Lepic ne badine guère et les enfants des autres s'approchent d'elle prudemment et la redoutent presque autant que le maître d'école.

Rémy se sauve là-bas vers la rivière. Il galope si vite que son pied gauche, toujours en retard, raie la poussière de la route, danse et sonne comme une casserole.

Sa journée perdue, Poil de Carotte n'essaie plus de se divertir.

Il a manqué une bonne partie.

Les regrets sont en chemin.

Il les attend.

Solitaire, sans défense, il laisse venir l'ennui, et la punition s'appliquer d'elle-même.

COUP DE THÉÂTRE[1]

Scène première

MADAME LEPIC

Où vas-tu ?

POIL DE CAROTTE

Il a mis sa cravate neuve et craché sur ses souliers à les noyer.

Je vais me promener avec papa.

MADAME LEPIC

Je te défends d'y aller, tu m'entends ? Sans ça... *Sa main droite recule comme pour prendre son élan.*

POIL DE CAROTTE, *bas.*

Compris.

Scène II

POIL DE CAROTTE

En méditation près de l'horloge.

Qu'est-ce que je veux, moi ? Éviter les calottes. Papa m'en donne moins que maman. J'ai fait le calcul. Tant pire pour lui !

Scène III

MONSIEUR LEPIC

Il chérit Poil de Carotte,

1. Ces saynètes fourniront à Jules Renard l'intrigue de sa pièce, lorsqu'en 1900 il adaptera *Poil de Carotte* pour le théâtre.

mais ne s'en occupe jamais,
toujours courant la prétentaine, pour affaires.
Allons ! partons.

POIL DE CAROTTE

Non, mon papa.

MONSIEUR LEPIC

Comment, non ? Tu ne veux pas venir ?

POIL DE CAROTTE

Oh ! si ! mais je ne peux pas.

MONSIEUR LEPIC

Explique-toi. Qu'est-ce qu'il y a ?

POIL DE CAROTTE

Y a rien, mais je reste.

MONSIEUR LEPIC

Ah ! oui ! encore une de tes lubies. Quel petit animal tu fais ! On ne sait par quelle oreille te prendre.
Tu veux, tu ne veux plus. Reste, mon ami, et pleur-
niche à ton aise.

Scène IV

MADAME LEPIC

Elle a toujours la précaution d'écouter aux portes,
pour mieux entendre.

Pauvre chéri ! *Cajoleuse, elle lui passe la main dans*
les cheveux et les tire. Le voilà tout en larmes, parce
que son père... *Elle regarde en dessous M. Lepic...*
voudrait l'emmener malgré lui. Ce n'est pas ta mère
qui te tourmenterait avec cette cruauté. *Les Lepic*
père et mère se tournent le dos.

Scène V

POIL DE CAROTTE

Au fond d'un placard. Dans sa bouche,

deux doigts ; dans son nez, un seul.
Tout le monde ne peut pas être orphelin.

EN CHASSE

M. Lepic emmène ses fils à la chasse alternative-
ment. Ils marchent derrière lui, un peu sur sa droite,
à cause de la direction du fusil, et portent le carnier.
M. Lepic est un marcheur infatigable. Poil de
Carotte met un entêtement passionné à le suivre,
sans se plaindre. Ses souliers le blessent, il n'en dit
mot, et ses doigts se cordellent[1] ; le bout de ses
orteils enfle, ce qui leur donne la forme de petits
marteaux.

Si M. Lepic tue un lièvre au début de la chasse, il
dit :

— Veux-tu le laisser à la première ferme ou le
cacher dans une haie, et nous le reprendrons ce
soir ?

— Non, papa, dit Poil de Carotte, j'aime mieux le
garder.

Il lui arrive de porter une journée entière deux
lièvres et cinq perdrix. Il glisse sa main ou son mouchoir sous la courroie du carnier, pour reposer son
épaule endolorie. S'il rencontre quelqu'un, il montre
son dos avec affectation et oublie un moment sa
charge.

Mais il est las, surtout quand on ne tue rien et que
la vanité cesse de le soutenir.

— Attends-moi ici, dit parfois M. Lepic. Je vais
battre ce labouré.

Poil de Carotte, irrité, s'arrête debout au soleil. Il
regarde son père piétiner le champ, sillon par sillon,

1. Se tordent, sous l'effet de la fatigue, comme des cordes.
Littré dit le mot rare et vieilli.

motte à motte, le fouler, l'égaliser comme avec une herse, frapper de son fusil les haies, les buissons, les chardons, tandis que Pyrame même, n'en pouvant plus, cherche l'ombre, se couche un peu et halète, toute sa langue dehors.

— Mais il n'y a rien là, pense Poil de Carotte. Oui, tape, casse des orties, fourrage. Si j'étais lièvre gîté au creux d'un fossé, sous les feuilles, c'est moi qui me retiendrais de bouger, par cette chaleur !

Et en sourdine il maudit M. Lepic ; il lui adresse de menues injures.

Et M. Lepic saute d'un autre échalier[1], pour battre une luzerne d'à côté, où, cette fois, il serait bien étonné de ne pas trouver quelque gars de lièvre.

— Il me dit de l'attendre, murmure Poil de Carotte, et il faut que je coure après lui, maintenant. Une journée qui commence mal finit mal. Trotte et sue, papa, éreinte le chien, courbature-moi, c'est comme si on s'asseyait. Nous rentrerons bredouilles, ce soir.

Car Poil de Carotte est naïvement superstitieux.

Chaque fois qu'il touche le bord de sa casquette, voilà Pyrame en arrêt, le poil hérissé, la queue raide. Sur la pointe du pied, M. Lepic s'approche le plus près possible, la crosse au défaut de l'épaule. Poil de Carotte s'immobilise, et un premier jet d'émotion le fait suffoquer.

Il soulève sa casquette.

Des perdrix partent, ou un lièvre déboule. Et selon que Poil de Carotte *laisse retomber la casquette ou qu'il simule un grand salut*, M. Lepic manque ou tue.

Poil de Carotte l'avoue, ce système n'est pas infaillible. Le geste trop souvent répété ne produit plus d'effet, comme si la fortune se fatiguait de répondre aux mêmes signes. Poil de Carotte les espace dis-

---

1. Autre mot vieilli qui désigne des sortes d'échelles dressées contre une haie pour permettre de la franchir.

crètement, et à cette condition, ça réussit presque
toujours.

— As-tu vu le coup ? demande M. Lepic qui sou-
pèse un lièvre chaud encore dont il presse le ventre
blond, pour lui faire faire ses suprêmes besoins.
Pourquoi ris-tu ?

— Parce que tu l'as tué grâce à moi, dit Poil de
Carotte.

Et fier de ce nouveau succès, il expose avec
aplomb sa méthode.

— Tu parles sérieusement ? dit M. Lepic.

POIL DE CAROTTE

Mon Dieu ! je n'irai pas jusqu'à prétendre que je ne
me trompe jamais.

MONSIEUR LEPIC

Veux-tu bien te taire tout de suite, nigaud. Je ne te
conseille guère, si tu tiens à ta réputation de garçon
d'esprit, de débiter ces bourdes devant des étrangers.
On t'éclaterait au nez. A moins que, par hasard, tu ne
te moques de ton père.

POIL DE CAROTTE

Je te jure que non, papa. Mais tu as raison, par-
donne-moi, je ne suis qu'un serin.

LA MOUCHE

La chasse continue, et Poil de Carotte qui hausse
les épaules de remords, tant il se trouve bête,
emboîte le pas de son père avec une nouvelle ardeur,
s'applique à poser exactement le pied gauche là où
M. Lepic a posé son pied gauche, et il écarte les
jambes comme s'il fuyait un ogre. Il ne se repose que
pour attraper une mûre, une poire sauvage, et des
prunelles qui resserrent la bouche, blanchissent les

lèvres et calment la soif. D'ailleurs, il a dans une des poches du carnier le flacon d'eau-de-vie. Gorgée par gorgée, il boit presque tout à lui seul, car M. Lepic, que la chasse grise, oublie d'en demander.

— Une goutte, papa ?

Le vent n'apporte qu'un bruit de refus. Poil de Carotte avale la goutte qu'il offrait, vide le flacon, et la tête tournante, repart à la poursuite de son père. Soudain, il s'arrête, enfonce un doigt au creux de son oreille, l'agite vivement, le retire, puis feint d'écouter, et il crie à M. Lepic :

— Tu sais, papa, je crois que j'ai une mouche dans l'oreille.

MONSIEUR LEPIC

Ôte-la, mon garçon.

POIL DE CAROTTE

Elle y est trop en avant, je ne peux pas la toucher. Je l'entends qu'elle bourdonne.

MONSIEUR LEPIC

Laisse-la mourir toute seule.

POIL DE CAROTTE

Mais si elle pondait, papa, si elle faisait son nid ?

MONSIEUR LEPIC

Tâche de la tuer avec une corne de mouchoir.

POIL DE CAROTTE

Si je versais un peu d'eau-de-vie pour la noyer ? Me donnes-tu la permission ?

— Verse ce que tu voudras, lui crie M. Lepic. Mais dépêche-toi.

Poil de Carotte applique sur son oreille le goulot de la bouteille, et il la vide une deuxième fois, pour le cas où M. Lepic imaginerait de réclamer sa part.

Et bientôt, Poil de Carotte s'écrie, allègre, en courant :

— Tu sais, papa, je n'entends plus la mouche. Elle doit être morte. Seulement, elle a tout bu.

LA PREMIÈRE BÉCASSE

— Mets-toi là, dit M. Lepic. C'est la meilleure place. Je me promènerai dans le bois avec le chien ; nous ferons lever les bécasses, et quand tu entendras : *pit, pit,* dresse l'oreille et ouvre l'œil. Les bécasses passeront sur ta tête.

Poil de Carotte tient le fusil couché entre ses bras. C'est la première fois qu'il va tirer une bécasse. Il a déjà tué une caille, déplumé une perdrix, et manqué un lièvre avec le fusil de M. Lepic.

Il a tué la caille par terre, sous le nez du chien en arrêt. D'abord il regardait, sans la voir, cette petite boule ronde, couleur du sol.

— Recule-toi, lui dit M. Lepic, tu es trop près.

Mais Poil de Carotte, instinctif, fit un pas de plus en avant, épaula, déchargea son arme à bout portant et rentra dans la terre la boulette grise. Il ne put retrouver de sa caille broyée, disparue, que quelques plumes et un bec sanglant.

Toutefois, ce qui consacre la renommée d'un jeune chasseur, c'est de tuer une bécasse, et il faut que cette soirée marque dans la vie de Poil de Carotte.

Le crépuscule trompe, comme chacun sait. Les objets remuent leurs lignes fumeuses. Le vol d'un moustique trouble autant que l'approche du tonnerre. Aussi Poil de Carotte, ému, voudrait bien être à tout à l'heure.

Les grives, de retour des prés, fusent avec rapidité entre les chênes. Il les ajuste pour se faire l'œil. Il frotte de sa manche la buée qui ternit le canon du fusil. Des feuilles sèches trottinent çà et là.

Enfin, deux bécasses, dont les longs becs alourdissent le vol, se lèvent, se poursuivent amoureuses et tournoient au-dessus du bois frémissant.

Elles font *pit, pit, pit,* comme M. Lepic l'avait promis, mais si faiblement, que Poil de Carotte doute qu'elles viennent de son côté. Ses yeux se meuvent vivement. Il voit deux ombres passer sur sa tête, et la crosse du fusil contre son ventre, il tire au juger, en l'air.

Une des deux bécasses tombe, bec en avant, et l'écho disperse la détonation formidable aux quatre coins du bois.

Poil de Carotte ramasse la bécasse dont l'aile est cassée, l'agite glorieusement et respire l'odeur de la poudre.

Pyrame accourt, précédant M. Lepic, qui ne s'attarde ni se hâte plus que d'ordinaire.

— Il n'en reviendra pas, pense Poil de Carotte prêt aux éloges.

Mais M. Lepic écarte les branches, paraît, et dit d'une voix calme à son fils encore fumant :

— Pourquoi donc que tu ne les as pas tuées toutes les deux ?

L'HAMEÇON

Poil de Carotte est en train d'écailler ses poissons, des goujons, des ablettes et même des perches. Il les gratte avec un couteau, leur fend le ventre, et fait éclater sous son talon les vessies doubles transparentes. Il réunit les vidures pour le chat. Il travaille, se hâte, absorbé, penché sur le seau blanc d'écume, et prend garde de se mouiller.

Mme Lepic vient donner un coup d'œil.

— A la bonne heure, dit-elle, tu nous as pêché une belle friture, aujourd'hui. Tu n'es pas maladroit, quand tu veux.

Elle lui caresse le cou et les épaules, mais, comme elle retire sa main, elle pousse des cris de douleur.

Elle a un hameçon piqué au bout du doigt.

Sœur Ernestine accourt. Grand frère Félix la suit, et bientôt M. Lepic lui-même arrive.

— Montre voir, disent-ils.

Mais elle serre son doigt dans sa jupe, entre ses genoux, et l'hameçon s'enfonce plus profondément. Tandis que grand frère Félix et sœur Ernestine la soutiennent, M. Lepic lui saisit le bras, le lève en l'air, et chacun peut voir le doigt. L'hameçon l'a traversé.

M. Lepic tente de l'ôter.

— Oh ! non ! pas comme ça ! dit Mme Lepic d'une voix aiguë.

En effet, l'hameçon est arrêté d'un côté par son dard et de l'autre côté par sa boucle.

M. Lepic met son lorgnon.

— Diable, dit-il, il faut casser l'hameçon !

Comment le casser ! Au moindre effort de son mari, qui n'a pas de prise, Mme Lepic bondit et hurle. On lui arrache donc le cœur, la vie ? D'ailleurs l'hameçon est d'un acier de bonne trempe.

— Alors, dit M. Lepic, il faut couper la chair.

Il affermit son lorgnon, sort son canif, et commence de passer sur le doigt une lame mal aiguisée, si faiblement, qu'elle ne pénètre pas. Il appuie ; il sue. Du sang paraît.

— Oh ! là ! oh ! là ! crie Mme Lepic, et tout le groupe tremble.

— Plus vite, papa ! dit sœur Ernestine.

— Ne fais donc pas ta lourde comme ça ! dit grand frère Félix à sa mère.

M. Lepic perd patience. Le canif déchire, scie au hasard, et Mme Lepic, après avoir murmuré : « Boucher ! boucher ! » se trouve mal, heureusement.

M. Lepic en profite. Blanc, affolé, il charcute, fouit la chair, et le doigt n'est plus qu'une plaie sanglante d'où l'hameçon tombe.

Ouf !

Pendant cela, Poil de Carotte n'a servi à rien. Au premier cri de sa mère, il s'est sauvé. Assis sur l'escalier, la tête en ses mains, il s'explique l'aventure. Sans doute, une fois qu'il lançait sa ligne au loin son hameçon lui est resté dans le dos.

— Je ne m'étonne plus que ça ne mordait pas, dit-il.

Il écoute les plaintes de sa mère, et d'abord n'est guère chagriné de les entendre. Ne criera-t-il pas à son tour, tout à l'heure, non moins fort qu'elle, aussi fort qu'il pourra, jusqu'à l'enrouement, afin qu'elle se croie plus tôt vengée et le laisse tranquille ?

Des voisins attirés le questionnent :

— Qu'est-ce qu'il y a donc, Poil de Carotte ?

Il ne répond rien ; il bouche ses oreilles, et sa tête rousse disparaît. Les voisins se rangent au bas de l'escalier et attendent les nouvelles.

Enfin Mme Lepic s'avance. Elle est pâle comme une accouchée, et, fière d'avoir couru un grand danger, elle porte devant elle son doigt emmailloté avec soin. Elle triomphe d'un reste de souffrance. Elle sourit aux assistants, les rassure en quelques mots et dit doucement à Poil de Carotte :

— Tu m'as fait mal, va, mon cher petit. Oh ! je ne t'en veux pas ; ce n'est pas de ta faute.

Jamais elle n'a parlé sur ce ton à Poil de Carotte. Surpris, il lève le front. Il voit le doigt de sa mère enveloppé de linges et de ficelles, propre, gros et carré, pareil à une poupée d'enfant pauvre. Ses yeux secs s'emplissent de larmes.

Mme Lepic se courbe. Il fait le geste habituel de s'abriter derrière son coude. Mais, généreuse, elle l'embrasse devant tout le monde.

Il ne comprend plus. Il pleure à pleins yeux.

— Puisqu'on te dit que c'est fini, que je te pardonne ! Tu me crois donc bien méchante ?

Les sanglots de Poil de Carotte redoublent.

— Est-il bête ? On jurerait qu'on l'égorge, dit Mme Lepic aux voisins attendris par sa bonté.

Elle leur passe l'hameçon, qu'ils examinent curieusement. L'un d'eux affirme que c'est du numéro 8. Peu à peu elle retrouve sa facilité de parole, et elle raconte le drame au public, d'une langue volubile.

— Ah ! sur le moment, je l'aurais tué, si je ne l'aimais tant. Est-ce malin, ce petit outil d'hameçon ! J'ai cru qu'il m'enlevait au ciel.

Sœur Ernestine propose d'aller l'encrotter loin, au bout du jardin, dans un trou, et de piétiner la terre.

— Ah ! mais non ! dit grand frère Félix, moi je le garde. Je veux pêcher avec. Bigre ! un hameçon trempé dans le sang à maman, c'est ça qui sera bon ! Ce que je vais les sortir, les poissons ! malheur ! des gros comme la cuisse !

Et il secoue Poil de Carotte, qui toujours stupéfait d'avoir échappé au châtiment, exagère encore son repentir, rend par la gorge des gémissements rauques et lave à grande eau les taches de son de sa laide figure à claques.

LA PIÈCE D'ARGENT

I

MADAME LEPIC

Tu n'as rien perdu, Poil de Carotte ?

POIL DE CAROTTE

Non, maman.

MADAME LEPIC

Pourquoi dis-tu non, tout de suite, sans savoir ? Retourne d'abord tes poches.

POIL DE CAROTTE

Il tire les doublures de ses poches et les regarde pendre comme des oreilles d'âne.

Ah ! oui, maman ! Rends-le-moi.

MADAME LEPIC

Rends-moi quoi ? Tu as donc perdu quelque chose ? Je te questionnais au hasard et je devine ! Qu'est-ce que tu as perdu ?

POIL DE CAROTTE

Je ne sais pas.

MADAME LEPIC

Prends garde ! tu vas mentir. Déjà tu divagues comme une ablette étourdie. Réponds lentement. Qu'as-tu perdu ? Est-ce ta toupie ?

POIL DE CAROTTE

Juste. Je n'y pensais plus. C'est ma toupie, oui, maman.

MADAME LEPIC

Non, maman. Ce n'est pas ta toupie. Je te l'ai confisquée la semaine dernière.

POIL DE CAROTTE

Alors, c'est mon couteau.

MADAME LEPIC

Quel couteau ? Qui t'a donné un couteau ?

POIL DE CAROTTE

Personne.

MADAME LEPIC

Mon pauvre enfant, nous n'en sortirons plus. On dirait que je t'affole. Pourtant nous sommes seuls. Je t'interroge doucement. Un fils qui aime sa mère lui confie tout. Je parie que tu as perdu ta pièce d'argent. Je n'en sais rien, mais j'en suis sûre. Ne nie pas. Ton nez remue.

POIL DE CAROTTE

Maman, cette pièce m'appartenait. Mon parrain me l'avait donnée dimanche. Je la perds ; tant pis pour moi. C'est contrariant, mais je me consolerai. D'ailleurs je n'y tenais guère. Une pièce de plus ou de moins !

MADAME LEPIC

Voyez-vous ça, péroreur ! Et je t'écoute, moi, bonne femme. Ainsi tu comptes pour rien la peine de ton parrain qui te gâte tant et qui sera furieux ?

POIL DE CAROTTE

Imaginons, maman, que j'ai dépensé ma pièce, à mon goût. Fallait-il seulement la surveiller toute ma vie ?

MADAME LEPIC

Assez, grimacier ! Tu ne devais ni perdre cette pièce, ni la gaspiller sans permission. Tu ne l'as plus ; remplace-la, trouve-la, fabrique-la, arrange-toi. Trotte et ne raisonne pas.

POIL DE CAROTTE

Oui, maman.

MADAME LEPIC

Et je te défends de dire « *oui, maman* », de faire l'original ; et gare à toi, si je t'entends chantonner, siffler entre tes dents, imiter le charretier sans souci. Ça ne prend jamais avec moi.

II

Poil de Carotte se promène à petits pas dans les allées du jardin. Il gémit. Il cherche un peu et renifle souvent. Quand il sent que sa mère l'observe, il s'immobilise ou se baisse et fouille du bout des doigts l'oseille, le sable fin. Quand il pense que Mme Lepic a disparu, il ne cherche plus. Il continue de marcher, pour la forme, le nez en l'air.

Où diable peut-elle être, cette pièce d'argent ? Là-haut, sur l'arbre, au creux d'un vieux nid ?

Parfois des gens distraits qui ne cherchent rien trouvent des pièces d'or. On l'a vu. Mais Poil de Carotte se traînerait par terre, userait ses genoux et ses ongles, sans ramasser une épingle.

Las d'errer, d'espérer il ne sait quoi, Poil de Carotte jette sa langue au chat et se décide à rentrer dans la maison, pour prendre l'état de sa mère. Peut-être qu'elle se calme, et que si la pièce reste introuvable, on y renoncera.

Il ne voit pas Mme Lepic. Il l'appelle, timide.

— Maman, eh ! maman !

Elle ne répond point. Elle vient de sortir et elle a laissé ouvert le tiroir de sa table à ouvrage. Parmi les laines, les aiguilles, les bobines blanches, rouges ou noires, Poil de Carotte aperçoit quelques pièces d'argent.

Elles semblent vieillir là. Elles ont l'air d'y dormir, rarement réveillées, poussées d'un coin à l'autre, mêlées et sans nombre.

Il y en a aussi bien trois que quatre, aussi bien huit. On les compterait difficilement. Il faudrait renverser le tiroir, secouer des pelotes. Et puis comment faire la preuve ?

Avec cette présence d'esprit qui ne l'abandonne que dans les grandes occasions, Poil de Carotte, résolu, allonge le bras, vole une pièce et se sauve.

La peur d'être surpris lui évite des hésitations, des remords, un retour périlleux vers la table à ouvrage.

Il va droit, trop lancé pour s'arrêter, parcourt les allées, choisit sa place, y « perd » la pièce, l'enfonce d'un coup de talon, se couche à plat ventre, et le nez chatouillé par les herbes, il rampe selon sa fantaisie, il décrit des cercles irréguliers, comme on tourne, les yeux bandés, autour de l'objet caché, quand la personne qui dirige les jeux innocents, se frappe anxieusement les mollets et s'écrie :

— Attention ! ça brûle, ça brûle !

III

POIL DE CAROTTE

Maman, maman, je l'ai.

MADAME LEPIC

Moi aussi.

POIL DE CAROTTE

Comment ? la voilà.

MADAME LEPIC

La voici.

POIL DE CAROTTE

Tiens ! fais voir.

MADAME LEPIC

Fais voir, toi.

POIL DE CAROTTE

Il montre sa pièce. Mme Lepic montre la sienne. Poil de Carotte les manie, les compare et apprête sa phrase.

C'est drôle. Où l'as-tu retrouvée, toi, maman ? Moi, je l'ai retrouvée dans cette allée, au pied du poirier. J'ai marché vingt fois dessus, avant de la voir. Elle brillait. J'ai cru d'abord que c'était un morceau de papier, ou une violette blanche. Je n'osais pas la prendre. Elle sera tombée de ma poche, un jour que je me roulais sur l'herbe, faisant le fou. Penche-toi, maman, remarque l'endroit où la sournoise se cachait, son gîte. Elle peut se vanter de m'avoir causé du tracas.

MADAME LEPIC

Je ne dis pas non.

Moi je l'ai retrouvée dans ton autre paletot. Malgré mes observations, tu oublies encore de vider tes poches, quand tu changes d'effets. J'ai voulu te donner une leçon d'ordre. Je t'ai laissé chercher pour t'apprendre. Or, il faut croire que celui qui cherche trouve toujours, car maintenant tu possèdes deux pièces d'argent au lieu d'une seule. Te voilà cousu d'or. Tout est bien qui finit bien, mais je te préviens que l'argent ne fait pas le bonheur.

POIL DE CAROTTE

Alors, je peux aller jouer, maman ?

MADAME LEPIC

Sans doute. Amuse-toi, tu ne t'amuseras jamais plus jeune. Emporte tes deux pièces.

POIL DE CAROTTE

Oh ! maman, une me suffit, et même je te prie de

me la serrer jusqu'à ce que j'en aie besoin. Tu serais gentille.

MADAME LEPIC

Non, les bons comptes font les bons amis. Garde tes pièces. Les deux t'appartiennent, celle de ton parrain et l'autre, celle du poirier, à moins que le propriétaire ne la réclame. Qui est-ce ? Je me creuse la tête. Et toi, as-tu une idée ?

POIL DE CAROTTE

Ma foi non et je m'en moque, j'y songerai demain. A tout à l'heure, maman, et merci.

MADAME LEPIC

Attends ! si c'était le jardinier ?

POIL DE CAROTTE

Veux-tu que j'aille vite le lui demander ?

MADAME LEPIC

Ici, mignon, aide-moi. Réfléchissons. On ne saurait soupçonner ton père de négligence, à son âge. Ta sœur met ses économies dans sa tirelire. Ton frère n'a pas le temps de perdre son argent, un sou fond entre ses doigts.

Après tout, c'est peut-être moi.

POIL DE CAROTTE

Maman, cela m'étonnerait ; tu ranges si soigneusement tes affaires.

MADAME LEPIC

Des fois les grandes personnes se trompent comme les petites. Bref, je verrai. En tout cas ceci ne concerne que moi. N'en parlons plus. Cesse de t'inquiéter ; cours jouer, mon gros, pas trop loin, tandis que je jetterai un coup d'œil dans le tiroir de ma table à ouvrage.

Poil de Carotte, qui s'élançait déjà, se retourne, il suit un instant sa mère qui s'éloigne. Enfin, brusque-

ment, il la dépasse, se campe devant elle et, silencieux, offre une joue.

MADAME LEPIC

Sa main droite levée, menace ruine.

Je te savais menteur, mais je ne te croyais pas de cette force. Maintenant, tu mens double. Va toujours. On commence par voler un œuf. Ensuite on vole un bœuf. Et puis on assassine sa mère.

La première gifle tombe.

LES IDÉES PERSONNELLES

M. Lepic, grand frère Félix, sœur Ernestine et Poil de Carotte veillent près de la cheminée où brûle une souche avec ses racines, et les quatre chaises se balancent sur leurs pieds de devant. On discute et Poil de Carotte, pendant que Mme Lepic n'est pas là, développe ses idées personnelles.

— Pour moi, dit-il, les titres de famille ne signifient rien. Ainsi, papa, tu sais comme je t'aime ! or, je t'aime, non parce que tu es mon père ; je t'aime, parce que tu es mon ami. En effet, tu n'as aucun mérite à être mon père, mais je regarde ton amitié comme une haute faveur que tu ne me dois pas et que tu m'accordes généreusement.

— Ah ! répond M. Lepic.

— Et moi, et moi ? demandent grand frère Félix et sœur Ernestine.

— C'est la même chose, dit Poil de Carotte. Le hasard vous a faits mon frère et ma sœur. Pourquoi vous en serais-je reconnaissant ? A qui la faute, si nous sommes tous trois des Lepic ? Vous ne pouviez l'empêcher. Inutile que je vous sache gré d'une parenté involontaire. Je vous remercie seulement, toi, frère, de ta protection, et toi, sœur, de tes soins efficaces.

— A ton service, dit grand frère Félix.

— Où va-t-il chercher ces réflexions de l'autre monde ? dit sœur Ernestine.

— Et ce que je dis, ajoute Poil de Carotte, je l'affirme d'une manière générale, j'évite les personnalités, et si maman était là, je le répéterais en sa présence.

— Tu ne le répéterais pas deux fois, dit grand frère Félix.

— Quel mal vois-tu à mes propos ? répond Poil de Carotte. Gardez-vous de dénaturer ma pensée ! Loin de manquer de cœur, je vous aime plus que je n'en ai l'air. Mais cette affection, au lieu d'être banale, d'instinct et de routine, est voulue, raisonnée, logique. Logique, voilà le terme que je cherchais.

— Quand perdras-tu la manie d'user de mots dont tu ne connais pas le sens, dit M. Lepic qui se lève pour aller se coucher, et de vouloir, à ton âge, en remontrer aux autres ? Si défunt votre grand-père m'avait entendu débiter le quart de tes balivernes, il m'aurait vite prouvé par un coup de pied et une claque que je n'étais toujours que son garçon.

— Il faut bien causer pour passer le temps, dit Poil de Carotte déjà inquiet.

— Il vaut encore mieux te taire, dit M. Lepic, une bougie à la main.

Et il disparaît. Grand frère Félix le suit.

— Au plaisir, vieux camarade à la grillade[1] ! dit-il à Poil de Carotte.

Puis sœur Ernestine se dresse et grave :

— Bonsoir, cher ami ! dit-elle.

Poil de Carotte reste seul, dérouté.

Hier, M. Lepic lui conseillait d'apprendre à réfléchir :

1. Formule de comptine enfantine du type : « Camarade / A la grillade / Compagnon / A coups de bâton. » Voir aussi page 49 : « bêtises plus grosses que l'église » et page 128 : « Qui vole un œuf, vole un bœuf ».

— Qui ça, *on* ? lui disait-il. *On* n'existe pas. Tout le monde, ce n'est personne. Tu récites trop ce que tu écoutes. Tâche de penser un peu par toi-même. Exprime des idées personnelles, n'en aurais-tu qu'une pour commencer.

La première qu'il risque étant mal accueillie, Poil de Carotte couvre le feu, range les chaises le long du mur, salue l'horloge et se retire dans la chambre où donne l'escalier d'une cave et qu'on appelle la chambre de la cave. C'est une chambre fraîche et agréable en été. Le gibier s'y conserve facilement une semaine. Le dernier lièvre tué saigne du nez dans une assiette. Il y a des corbeilles pleines de grain pour les poules et Poil de Carotte ne se lasse jamais de le remuer avec ses bras nus qu'il plonge jusqu'au coude.

D'ordinaire les habits de toute la famille accrochés au portemanteau l'impressionnent. On dirait des suicidés qui viennent de se pendre après avoir eu la précaution de poser leurs bottines, en ordre, là-haut, sur la planche.

Mais, ce soir, Poil de Carotte n'a pas peur. Il ne glisse pas un coup d'œil sous le lit. Ni la lune ni les ombres ne l'effraient, ni le puits du jardin comme creusé là exprès pour qui voudrait s'y jeter par la fenêtre.

Il aurait peur, s'il pensait à avoir peur, mais il n'y pense plus. En chemise, il oublie de ne marcher que sur les talons afin de moins sentir le froid du carreau rouge.

Et dans le lit, les yeux aux ampoules du plâtre humide, il continue de développer ses idées personnelles, ainsi nommées parce qu'il faut les garder pour soi.

LA TEMPÊTE DE FEUILLES

Il y a longtemps que Poil de Carotte, rêveur, observe la plus haute feuille du grand peuplier.

Il songe creux[1] et attend qu'elle remue.

Elle semble, détachée de l'arbre, vivre à part, seule, sans queue, libre.

Chaque jour, elle se dore au premier et au dernier rayon du soleil.

Depuis midi, elle garde une immobilité de morte, plutôt tache que feuille, et Poil de Carotte perd patience, mal à son aise, lorsque, enfin, elle fait signe.

Au-dessous d'elle, une feuille proche fait le même signe. D'autres feuilles le répètent, le communiquent aux feuilles voisines qui le passent rapidement.

Et c'est un signe d'alarme, car, à l'horizon, paraît l'ourlet d'une calotte brune.

Le peuplier déjà frissonne ! Il tente de se mouvoir, de déplacer les pesantes couches d'air qui le gênent.

Son inquiétude gagne le hêtre, un chêne, des marronniers, et tous les arbres du jardin s'avertissent, par gestes, qu'au ciel, la calotte s'élargit, pousse en avant sa bordure nette et sombre.

D'abord, ils excitent leurs branches minces et font taire les oiseaux, le merle qui lançait une note au hasard, comme un pois cru, la tourterelle que Poil de Carotte voyait tout à l'heure, verser, par saccades, les roucoulements de sa gorge peinte, et la pie insupportable avec sa queue de pie.

Puis ils mettent leurs gros tentacules en branle pour effrayer l'ennemi.

La calotte livide continue son invasion lente.

Elle voûte peu à peu le ciel. Elle refoule l'azur, bouche les trous qui laisseraient pénétrer l'air, prépare l'étouffement de Poil de Carotte. Parfois, on dirait qu'elle faiblit sous son propre poids et va tomber sur le village ; mais elle s'arrête à la pointe du clocher, dans la crainte de s'y déchirer.

La voilà si près que, sans autre provocation, la panique commence, les clameurs s'élèvent.

---

1. L'expression est une création de Renard à partir de « songe-creux ».

Les arbres mêlent leurs masses confuses et courroucées au fond desquelles Poil de Carotte imagine des nids pleins d'yeux ronds et de becs blancs. Les cimes plongent et se redressent comme des têtes brusquement réveillées. Les feuilles s'envolent par bandes, reviennent aussitôt, peureuses, apprivoisées, et tâchent de se raccrocher. Celles de l'acacia, fines, soupirent ; celles du bouleau écorché se plaignent ; celles du marronnier sifflent, et les aristoloches grimpantes clapotent en se poursuivant sur le mur.

Plus bas, les pommiers trapus secouent leurs pommes, frappant le sol de coups sourds.

Plus bas, les groseilliers saignent des gouttes rouges, et les cassis des gouttes d'encre.

Et plus bas, les choux ivres agitent leurs oreilles d'âne et les oignons montés se cognent entre eux, cassent leurs boules gonflées de graines.

Pourquoi ? Qu'ont-ils donc ? Et qu'est-ce que cela veut dire ? Il ne tonne pas. Il ne grêle pas. Ni un éclair, ni une goutte de pluie. Mais c'est le noir orageux d'en haut, cette nuit silencieuse au milieu du jour qui les affole, qui épouvante Poil de Carotte.

Maintenant, la calotte s'est toute déployée sous le soleil masqué.

Elle bouge, Poil de Carotte le sait ; elle glisse et, faite de nuages mobiles, elle fuira : il reverra le soleil. Pourtant, bien qu'elle plafonne le ciel entier, elle lui serre la tête, au front. Il ferme les yeux et elle lui bande douloureusement les paupières.

Il fourre aussi ses doigts dans ses oreilles. Mais la tempête entre chez lui, du dehors, avec ses cris, son tourbillon.

Elle ramasse son cœur comme un papier de rue.

Elle le froisse, le chiffonne, le roule, le réduit.

Et Poil de Carotte n'a bientôt plus qu'une boulette de cœur.

LA RÉVOLTE

I

MADAME LEPIC

Mon petit Poil de Carotte chéri, je t'en prie, tu serais bien mignon d'aller me chercher une livre de beurre au moulin. Cours vite. On t'attendra pour se mettre à table.

POIL DE CAROTTE

Non, maman.

MADAME LEPIC

Pourquoi réponds-tu : non, maman ? Si, nous t'attendrons.

POIL DE CAROTTE

Non, maman, je n'irai pas au moulin.

MADAME LEPIC

Comment ! tu n'iras pas au moulin ? Que dis-tu ? Qui te demande ?... Est-ce que tu rêves ?

POIL DE CAROTTE

Non, maman.

MADAME LEPIC

Voyons, Poil de Carotte, je n'y suis plus. Je t'ordonne d'aller tout de suite chercher une livre de beurre au moulin.

POIL DE CAROTTE

J'ai entendu. Je n'irai pas.

MADAME LEPIC

C'est donc moi qui rêve ? Que se passe-t-il ? Pour la première fois de ta vie, tu refuses de m'obéir.

POIL DE CAROTTE

Oui, maman.

MADAME LEPIC

Tu refuses d'obéir à ta mère.

POIL DE CAROTTE

A ma mère, oui, maman.

MADAME LEPIC

Par exemple, je voudrais voir ça. Fileras-tu ?

POIL DE CAROTTE

Non, maman.

MADAME LEPIC

Veux-tu te taire et filer ?

POIL DE CAROTTE

Je me tairai, sans filer.

MADAME LEPIC

Veux-tu te sauver avec cette assiette ?

II

Poil de Carotte se tait, et il ne bouge pas.

— Voilà une révolution ! s'écrie Mme Lepic sur l'escalier, levant les bras.

C'est, en effet, la première fois que Poil de Carotte lui dit non. Si encore elle le dérangeait ! S'il avait été en train de jouer ! Mais, assis par terre, il tournait ses pouces, le nez au vent, et il fermait les yeux pour les tenir au chaud. Et maintenant il la dévisage, tête haute. Elle n'y comprend rien. Elle appelle du monde, comme au secours.

— Ernestine, Félix, il y a du neuf ! Venez voir avec votre père et Agathe aussi. Personne ne sera de trop.

Et même, les rares passants de la rue peuvent s'arrêter.

Poil de Carotte se tient au milieu de la cour, à distance, surpris de s'affermir en face du danger, et plus étonné que Mme Lepic oublie de le battre. L'instant est si grave qu'elle perd ses moyens. Elle renonce à ses gestes habituels d'intimidation, au regard aigu et brûlant comme une pointe rouge. Toutefois, malgré ses efforts, les lèvres se décollent à la pression d'une rage intérieure qui s'échappe avec un sifflement.

— Mes amis, dit-elle, je priais poliment Poil de Carotte de me rendre un léger service, de pousser, en se promenant, jusqu'au moulin. Devinez ce qu'il m'a répondu ; interrogez-le, vous croiriez que j'invente.

Chacun devine et son attitude dispense Poil de Carotte de répéter.

La tendre Ernestine s'approche et lui dit bas à l'oreille :

— Prends garde, il t'arrivera malheur. Obéis, écoute ta sœur qui t'aime.

Grand frère Félix se croit au spectacle. Il ne céderait sa place à personne. Il ne réfléchit point que si Poil de Carotte se dérobe désormais, une part des commissions reviendra de droit au frère aîné ; il l'encouragerait plutôt. Hier, il le méprisait, le traitait de poule mouillée. Aujourd'hui il l'observe en égal et le considère. Il gambade et s'amuse beaucoup.

— Puisque c'est la fin du monde renversé, dit Mme Lepic atterrée, je ne m'en mêle plus. Je me retire. Qu'un autre prenne la parole et se charge de dompter la bête féroce. Je laisse en présence le fils et le père. Qu'ils se débrouillent.

— Papa, dit Poil de Carotte, en pleine crise et d'une voix étranglée, car il manque encore d'habitude, si tu exiges que j'aille chercher cette livre de beurre au moulin, j'irai pour toi, pour toi seulement. Je refuse d'y aller pour ma mère.

Il semble que M. Lepic soit plus ennuyé que flatté de cette préférence. Ça le gêne d'exercer ainsi son autorité, parce qu'une galerie l'y invite, à propos d'une livre de beurre.

Mal à l'aise, il fait quelques pas dans l'herbe, hausse les épaules, tourne le dos et rentre à la maison.

Provisoirement, l'affaire en reste là.

LE MOT DE LA FIN

Le soir, après le dîner où Mme Lepic, malade et couchée, n'a point paru, où chacun s'est tu, non seulement par habitude, mais encore par gêne, M. Lepic noue sa serviette qu'il jette sur la table et dit :

— Personne ne vient se promener avec moi jusqu'au biquignon[1], sur la vieille route ?

Poil de Carotte comprend que M. Lepic a choisi cette manière de l'inviter. Il se lève aussi, porte sa chaise vers le mur, comme toujours, et il suit docilement son père.

D'abord ils marchent silencieux. La question inévitable ne vient pas tout de suite. Poil de Carotte, en son esprit, s'exerce à la deviner et à lui répondre. Il est prêt. Fortement ébranlé, il ne regrette rien. Il a eu dans sa journée une telle émotion qu'il n'en craint pas de plus forte. Et le son de voix même de M. Lepic qui se décide, le rassure.

MONSIEUR LEPIC

Qu'est-ce que tu attends pour m'expliquer ta dernière conduite qui chagrine ta mère ?

POIL DE CAROTTE

Mon cher papa, j'ai longtemps hésité, mais il faut en finir. Je l'avoue : je n'aime plus maman.

MONSIEUR LEPIC

Ah ! A cause de quoi ? Depuis quand ?

POIL DE CAROTTE

A cause de tout. Depuis que je la connais.

1. Le sommet de la côte.

MONSIEUR LEPIC

Ah ! c'est malheureux, mon garçon ! Au moins, raconte-moi ce qu'elle t'a fait.

POIL DE CAROTTE

Ce serait long. D'ailleurs, ne t'aperçois-tu de rien ?

MONSIEUR LEPIC

Si. J'ai remarqué que tu boudais souvent.

POIL DE CAROTTE

Ça m'exaspère qu'on dise que je boude. Naturellement, Poil de Carotte ne peut garder une rancune sérieuse. Il boude. Laissez-le. Quand il aura fini, il sortira de son coin, calmé, déridé. Surtout n'ayez pas l'air de vous occuper de lui. C'est sans importance.

Je te demande pardon, mon papa, ce n'est sans importance que pour les père et mère et les étrangers. Je boude quelquefois, j'en conviens, pour la forme, mais il arrive aussi, je t'assure, que je rage énergiquement de tout mon cœur, et je n'oublie plus l'offense.

MONSIEUR LEPIC

Mais si, mais si, tu oublieras ces taquineries.

POIL DE CAROTTE

Mais non, mais non. Tu ne sais pas tout, toi, tu restes si peu à la maison.

MONSIEUR LEPIC

Je suis obligé de voyager.

POIL DE CAROTTE, *avec suffisance.*

Les affaires sont les affaires, mon papa. Tes soucis t'absorbent, tandis que maman, c'est le cas de le dire, n'a pas d'autre chien que moi à fouetter. Je me garde de m'en prendre à toi. Certainement je n'aurais qu'à moucharder, tu me protégerais. Peu à peu, puisque tu l'exiges, je te mettrai au courant du passé. Tu verras si j'exagère et si j'ai de la mémoire. Mais déjà, mon papa, je te prie de me conseiller.

Je voudrais me séparer de ma mère.
Quel serait, à ton avis, le moyen le plus simple ?

MONSIEUR LEPIC

Tu ne la vois que deux mois par an, aux vacances.

POIL DE CAROTTE

Tu devrais me permettre de les passer à la pension. J'y progresserais.

MONSIEUR LEPIC

C'est une faveur réservée aux élèves pauvres. Le monde croirait que je t'abandonne. D'ailleurs, ne pense pas qu'à toi. En ce qui me concerne, ta société me manquerait.

POIL DE CAROTTE

Tu viendrais me voir, papa.

MONSIEUR LEPIC

Les promenades pour le plaisir coûtent cher, Poil de Carotte.

POIL DE CAROTTE

Tu profiterais de tes voyages forcés. Tu ferais un petit détour.

MONSIEUR LEPIC

Non. Je t'ai traité jusqu'ici comme ton frère et ta sœur, avec le soin de ne privilégier personne. Je continuerai.

POIL DE CAROTTE

Alors, laissons mes études. Retire-moi de la pension, sous prétexte que j'y vole ton argent, et je choisirai un métier.

MONSIEUR LEPIC

Lequel ? Veux-tu que je te place comme apprenti chez un cordonnier, par exemple ?

POIL DE CAROTTE

Là ou ailleurs. Je gagnerais ma vie et je serais libre.

MONSIEUR LEPIC

Trop tard, mon pauvre Poil de Carotte. Me suis-je imposé pour ton instruction de grands sacrifices, afin que tu cloues des semelles ?

POIL DE CAROTTE

Si pourtant je te disais, papa, que j'ai essayé de me tuer.

MONSIEUR LEPIC

Tu charges ! Poil de Carotte.

POIL DE CAROTTE

Je te jure que pas plus tard qu'hier, je voulais encore me pendre.

MONSIEUR LEPIC

Et te voilà. Donc tu n'en avais guère envie. Mais au souvenir de ton suicide manqué, tu dresses fièrement la tête. Tu t'imagines que la mort n'a tenté que toi. Poil de Carotte, l'égoïsme te perdra. Tu tires toute la couverture. Tu te crois seul dans l'univers.

POIL DE CAROTTE

Papa, mon frère est heureux, ma sœur est heureuse, et si maman n'éprouve aucun plaisir à me taquiner, comme tu dis, je donne ma langue au chat. Enfin, pour ta part, tu domines et on te redoute, même ma mère. Elle ne peut rien contre ton bonheur. Ce qui prouve qu'il y a des gens heureux parmi l'espèce humaine.

MONSIEUR LEPIC

Petite espèce humaine à tête carrée, tu raisonnes pantoufle[1]. Vois-tu clair au fond des cœurs ? Comprends-tu déjà toutes les choses ?

POIL DE CAROTTE

Mes choses à moi, oui, papa ; du moins je tâche.

---

1. « Tu raisonnes comme un sabot » : plaisanterie familière sur le verbe « résonner ».

MONSIEUR LEPIC

Alors, Poil de Carotte, mon ami, renonce au bonheur. Je te préviens, tu ne seras jamais plus heureux que maintenant, jamais, jamais.

POIL DE CAROTTE

Ça promet.

MONSIEUR LEPIC

Résigne-toi, blinde-toi, jusqu'à ce que majeur et ton maître, tu puisses t'affranchir, nous renier et changer de famille, sinon de caractère et d'humeur. D'ici là, essaie de prendre le dessus, étouffe ta sensibilité et observe les autres, ceux même qui vivent le plus près de toi ; tu t'amuseras ; je te garantis des surprises consolantes.

POIL DE CAROTTE

Sans doute, les autres ont leurs peines. Mais je les plaindrai demain. Je réclame aujourd'hui la justice pour mon compte. Quel sort ne serait préférable au mien ? J'ai une mère. Cette mère ne m'aime pas et je ne l'aime pas.

— Et moi, crois-tu donc que je l'aime ? dit avec brusquerie M. Lepic impatienté.

A ces mots, Poil de Carotte lève les yeux vers son père. Il regarde longuement son visage dur, sa barbe épaisse où la bouche est rentrée comme honteuse d'avoir trop parlé, son front plissé, ses pattes-d'oie et ses paupières baissées qui lui donnent l'air de dormir en marche.

Un instant Poil de Carotte s'empêche de parler. Il a peur que sa joie secrète et cette main qu'il saisit et qu'il garde presque de force, tout ne s'envole.

Puis il ferme le poing, menace le village qui s'assoupit là-bas dans les ténèbres, et il crie avec emphase :

— Mauvaise femme ! te voilà complète. Je te déteste.

— Tais-toi, dit M. Lepic, c'est ta mère, après tout.

— Oh ! répond Poil de Carotte, redevenu simple et prudent, je ne dis pas ça parce que c'est ma mère.

L'ALBUM DE POIL DE CAROTTE

I

Si un étranger feuillette l'album de photographies des Lepic, il ne manque pas de s'étonner. Il voit sœur Ernestine et grand frère Félix sous divers aspects, debout, assis, bien habillés ou demi-vêtus, gais ou renfrognés, au milieu de riches décors.

— Et Poil de Carotte ?

— J'avais des photographies de lui tout petit, répond Mme Lepic, mais il était si beau qu'on me l'arrachait, et je n'ai pu en garder une seule.

La vérité c'est qu'on ne fait jamais *tirer* Poil de Carotte.

II

Il s'appelle Poil de Carotte au point que la famille hésite avant de retrouver son vrai nom de baptême.

— Pourquoi l'appelez-vous Poil de Carotte[1] ? A cause de ses cheveux jaunes ?

— Son âme est encore plus jaune, dit Mme Lepic.

III

Autres signes particuliers :

1. Voir « L'origine du surnom : Poil de Carotte » *in* Léon Guichard, *Dans la vigne de Jules Renard*, Presses Universitaires de France, 1965, p. 220.

La figure de Poil de Carotte ne prévient guère en sa faveur.

Poil de Carotte a le nez creusé en taupinière.

Poil de Carotte a toujours, quoi qu'on en ôte, des croûtes de pain dans les oreilles.

Poil de Carotte tète et fait fondre de la neige sur sa langue.

Poil de Carotte bat le briquet[1] et marche si mal qu'on le croirait bossu.

Le cou de Poil de Carotte se teinte d'une .crasse bleue comme s'il portait un collier.

Enfin Poil de Carotte a un drôle de goût et ne sent pas le musc.

IV

Il se lève le premier, en même temps que la bonne. Et les matins d'hiver, il saute du lit avant le jour, et regarde l'heure avec ses mains, en tâtant les aiguilles du bout du doigt.

Quand le café et le chocolat sont prêts, il mange un morceau de n'importe quoi sur le pouce.

V

Quand on le présente à quelqu'un, il tourne la tête, tend la main par-derrière, se rase, les jambes ployées, et il égratigne le mur.

Et si on lui demande :

— Veux-tu m'embrasser, Poil de Carotte ?

Il répond :

— Oh ! ce n'est pas la peine !

VI

MADAME LEPIC

Poil de Carotte, réponds donc, quand on te parle.

1. Selon Littré : se frapper les chevilles en marchant.

POIL DE CAROTTE

Boui, banban.

MADAME LEPIC

Il me semble t'avoir déjà dit que les enfants ne doivent jamais parler la bouche pleine.

VII

Il ne peut s'empêcher de mettre ses mains dans ses poches. Et si vite qu'il les retire, à l'approche de Mme Lepic, il les retire trop tard. Elle finit par coudre un jour les poches, avec les mains.

VIII

— Quoi qu'on te fasse, lui dit amicalement Parrain, tu as tort de mentir. C'est un vilain défaut, et c'est inutile, car toujours tout se sait.

— Oui, répond Poil de Carotte, mais on gagne du temps.

IX

Le paresseux grand frère Félix vient de terminer péniblement ses études.

Il s'étire et soupire d'aise.

— Quels sont tes goûts ? lui demande M. Lepic. Tu es à l'âge qui décide de la vie. Que vas-tu faire ?

— Comment ! Encore ! dit grand frère Félix.

X

On joue aux jeux innocents.

Mlle Berthe est sur la sellette :

— Parce qu'elle a des yeux bleus, dit Poil de Carotte.

On se récrie :

— Très joli ! Quel galant poète !

— Oh ! répond Poil de Carotte, je ne les ai pas regardés. Je dis cela comme je dirais autre chose. C'est une formule de convention, une figure de rhétorique.

XI

Dans les batailles à coups de boules de neige, Poil de Carotte forme à lui seul un camp. Il est redoutable, et sa réputation s'étend au loin parce qu'il met des pierres dans les boules.

Il vise à la tête : c'est plus court.

Quand il gèle et que les autres glissent, il s'organise une petite glissoire, à part, à côté de la glace, sur l'herbe.

A saut de mouton, il préfère rester dessous, une fois pour toutes.

Aux barres, il se laisse prendre tant qu'on veut, insoucieux de sa liberté.

Et à cache-cache, il se cache si bien qu'on l'oublie.

XII

Les enfants se mesurent leur taille.

A vue d'œil, grand frère Félix, hors concours, dépasse les autres de la tête. Mais Poil de Carotte et sœur Ernestine, qui pourtant n'est qu'une fille, doivent se mettre l'un à côté de l'autre. Et tandis que sœur Ernestine se hausse sur la pointe du pied, Poil de Carotte, désireux de ne contrarier personne, triche et se baisse légèrement, pour ajouter un rien à la petite idée de différence.

XIII

Poil de Carotte donne ce conseil à la servante Agathe :

— Pour vous mettre bien avec Mme Lepic, dites-lui du mal de moi.

Il y a une limite.

Ainsi Mme Lepic ne supporte pas qu'une autre qu'elle touche à Poil de Carotte.

Une voisine se permettant de le menacer, Mme Lepic accourt, se fâche et délivre son fils qui rayonne déjà de gratitude.

— Et maintenant, à nous deux ! lui dit-elle.

XIV

— Faire câlin ! Qu'est-ce que ça veut dire ? demande Poil de Carotte au petit Pierre que sa maman gâte.

Et renseigné à peu près, il s'écrie :

— Moi, ce que je voudrais, c'est picoter une fois des pommes frites, dans le plat, avec mes doigts, et sucer la moitié de la pêche où se trouve le noyau.

Il réfléchit :

— Si Mme Lepic me mangeait de caresses, elle commencerait par le nez.

XV

Quelquefois, fatigués de jouer, sœur Ernestine et grand frère Félix prêtent volontiers leurs joujoux à Poil de Carotte qui, prenant ainsi une petite part du bonheur de chacun, se compose modestement la sienne.

Et il n'a jamais trop l'air de s'amuser, par crainte qu'on ne les lui redemande.

XVI

POIL DE CAROTTE

Alors, tu ne trouves pas mes oreilles trop longues ?

MATHILDE

Je les trouve drôles. Prête-les-moi ? J'ai envie d'y mettre du sable pour faire des pâtés.

POIL DE CAROTTE

Ils y cuiraient, si maman les avait d'abord allumées.

XVII

— Veux-tu t'arrêter ! Que je t'entende encore ! Alors tu aimes mieux ton père que moi ? dit, çà et là, Mme Lepic.

— Je reste sur place, je ne dis rien, et je te jure que je ne vous aime pas mieux l'un que l'autre, répond Poil de Carotte de sa voix intérieure.

XVIII

MADAME LEPIC

Qu'est-ce que tu fais, Poil de Carotte ?

POIL DE CAROTTE

Je ne sais pas, maman.

MADAME LEPIC

Cela veut dire que tu fais encore une bêtise. Tu le fais donc toujours exprès ?

POIL DE CAROTTE

Il ne manquerait plus que cela.

XIX

Croyant que sa mère lui sourit, Poil de Carotte, flatté, sourit aussi.

Mais Mme Lepic qui ne souriait qu'à elle-même,

dans le vague, fait subitement sa tête de bois noir aux yeux de cassis.

Et Poil de Carotte, décontenancé, ne sait où disparaître.

XX

— Poil de Carotte, veux-tu rire poliment, sans bruit ? dit Mme Lepic.

— Quand on pleure, il faut savoir pourquoi, dit-elle.

Elle dit encore :

— Qu'est-ce que vous voulez que je devienne ? Il ne pleure même plus une goutte quand on le gifle.

XXI

Elle dit encore :

— S'il y a une tache dans l'air, une crotte sur la route, elle est pour lui.

— Quand il a une idée dans la tête, il ne l'a pas dans le derrière.

— Il est si orgueilleux qu'il se suiciderait pour se rendre intéressant.

XXII

En effet Poil de Carotte tente de se suicider dans un seau d'eau fraîche, où il maintient héroïquement son nez et sa bouche, quand une calotte renverse le seau d'eau sur ses bottines et ramène Poil de Carotte à la vie.

XXIII

Tantôt Mme Lepic dit de Poil de Carotte :

— Il est comme moi, sans malice, plus bête que méchant et trop cul de plomb pour inventer la poudre.

Tantôt elle se plaît à reconnaître que, si les petits cochons ne le mangent pas, il fera, plus tard, un gars huppé.

XXIV

— Si jamais, rêve Poil de Carotte, on me donne, comme à grand frère Félix, un cheval de bois pour mes étrennes, je saute dessus et je file.

XXV

Dehors, afin de se prouver qu'il se fiche de tout, Poil de Carotte siffle. Mais la vue de Mme Lepic qui le suivait, lui coupe le sifflet. Et c'est douloureux comme si elle lui cassait, entre les dents, un petit sifflet d'un sou.

Toutefois, il faut convenir que dès qu'il a le hoquet, rien qu'en surgissant, elle le lui fait passer.

XXVI

Il sert de trait d'union entre son père et sa mère. M. Lepic dit :

— Poil de Carotte, il manque un bouton à cette chemise.

Poil de Carotte porte la chemise à Mme Lepic, qui dit :

— Est-ce que j'ai besoin de tes ordres, pierrot ? mais elle prend sa corbeille à ouvrage et coud le bouton.

XXVII

— Si ton père n'était plus là, s'écrie Mme Lepic, il

y a longtemps que tu m'aurais donné un mauvais coup, plongé ce couteau dans le cœur, et mise sur la paille !

XXVIII

— Mouche donc ton nez, dit Mme Lepic à chaque instant.

Poil de Carotte se mouche, inlassable, du côté de l'ourlet. Et s'il se trompe, il rarrange.

Certes, quand il s'enrhume, Mme Lepic le graisse de chandelle, le barbouille à rendre jaloux sœur Ernestine et grand frère Félix. Mais elle ajoute exprès pour lui :

— C'est plutôt un bien qu'un mal. Ça dégage le cerveau de la tête.

XXIX

Comme M. Lepic le taquine depuis ce matin, cette énormité échappe à Poil de Carotte :

— Laisse-moi donc tranquille, imbécile !

Il lui semble aussitôt que l'air gèle autour de lui, et qu'il a deux sources brûlantes dans les yeux.

Il balbutie, prêt à rentrer dans la terre, sur un signe.

Mais M. Lepic le regarde longuement, longuement, et ne fait pas le signe.

XXX

Sœur Ernestine va bientôt se marier. Et Mme Lepic permet qu'elle se promène avec son fiancé, sous la surveillance de Poil de Carotte.

— Passe devant, dit-elle, et gambade !

Poil de Carotte passe devant. Il s'efforce de gambader, fait des lieues de chien, et s'il s'oublie à ralentir, il entend, malgré lui, des baisers furtifs.

Il tousse.

Cela l'énerve, et soudain, comme il se découvre devant la croix du village, il jette sa casquette par terre, l'écrase sous son pied et s'écrie :

— Personne ne m'aimera jamais, moi !

Au même instant, Mme Lepic, qui n'est pas sourde, se dresse derrière le mur, un sourire aux lèvres, terrible.

Et Poil de Carotte ajoute, éperdu :

— Excepté maman.

COMMENTAIRES

par
Michel Autrand

Originalité de l'œuvre

Un roman en miettes

Il n'est pas facile de qualifier *Poil de Carotte*. Ni
« roman », ni « récit », ni même « recueil » ne conviennent.
Roman, à la fin du XIXᵉ siècle surtout, implique en effet un
tout autre mode de construction de l'intrigue et de présentation des personnages. Récit réclame une continuité
beaucoup plus grande dans l'histoire racontée et recueil
renvoie d'ordinaire à plus d'hétérogénéité dans les textes
rassemblés. C'est le mot de dossier qui rendrait peut-être le
mieux compte de la forme originale mise au point par
Renard : une succession de courtes pièces à conviction à
partir de quoi le lecteur peut et doit — librement en
apparence — construire son propre avis. Pour modeste
qu'il soit dans son volume et ses ambitions immédiates, ce
faux roman est une des premières œuvres de son temps à
battre en brèche ouvertement la tradition romanesque et
ses conventions. Le roman a éclaté, des morceaux seulement nous sont livrés, et la manière dont l'auteur nous les
livre accentue encore l'impression de désordre, d'arbitraire
et d'inachèvement.

Que chaque récit ait un titre d'abord souligne sa clôture
sur lui-même et paraît le doter d'une possible mobilité
dans l'ensemble de l'œuvre. Puisque chacun forme un tout,
pourquoi le placer ici plutôt que là ? Pas la moindre introduction : « Les Poules » nous plongent sans crier gare en
plein récit. Et « Le Mot de la fin » aurait pu très aisément
se transformer en conclusion, mais Renard ne l'a pas

voulu et l'a fait suivre d'un dernier chapitre fourre-tout, « L'Album de Poil de Carotte », qui empêche à la fin d'avoir des lignes nettes. Les quarante-neuf chapitres eux-mêmes ne s'organisent pas en quelques grands ensembles : une successivité décourageante, ou cocasse, les régit. Les substantifs qui défilent dans les titres où prédominent les animaux et les objets ne permettent pas de reconstituer les linéaments d'une histoire. Nous ne sommes plus très loin en un sens de quelques-unes des recherches les plus significatives du nouveau roman ou, plutôt, de l'anti-roman.

Le texte, qui frappe par de nombreux détails réalistes, est en réalité le domaine du flou et de l'incertain. Rien ne nous est clairement dit par exemple ni du pays, ni du village, ni de la maison, ni de la profession du père, ni de l'âge des enfants, ni même de certains aspects de la personnalité, de certains goûts de Poil de Carotte : c'est ainsi que le héros tantôt aime l'eau-de-vie dans « La Mouche », tantôt déteste le rhum dans « Le Bain » sans qu'aucune explication ni commentaire n'en soient donnés. La rupture est consommée avec les habitudes du romancier antérieur qui fournissait toujours un minimum de renseignements, et surtout de renseignements cohérents entre eux, sur ses personnages. Un triple principe de clarté, d'autosuffisance et de non-contradiction interne constituait l'univers de la fiction. Sans éclat ni tapage, *Poil de Carotte* s'écarte de cette voie. Roman en miettes, il participe d'une recherche esthétique, encore contemporaine, de la surprise et de l'inachèvement. Le lecteur doit donc collaborer à l'édification de l'œuvre. Renard le déclarait dès 1899 à un ami journaliste qui lui demandait pourquoi l'âge de Poil de Carotte était si incertain : « Parce qu'il est fait de moments. Ce n'est pas un être qui se compose : c'est un être qui existe. J'aurais pu l'arranger, le tailler : je ne l'ai pas voulu. C'est un travail que vous faites vous-même, agacé peut-être, mais peu importe, et, par ce travail, vous accroissez, bon gré, mal gré, la vie de Poil de Carotte[1]. »

Un ordre caché

La sévérité de Renard à l'égard de lui-même ne doit pas nous égarer. Quand il écrit : « *Poil de Carotte* est un mauvais livre, incomplet, mal composé, parce qu'il ne m'est

1. *Journal*, p. 541, Bibliothèque de la Pléiade, Gallimard, 1960.

venu que par bouffées[1] », il prévient d'imaginaires critiques que désarmerait sans peine l'examen de quelques éléments d'un ordre caché, très caractéristique lui aussi de l'évolution des formes romanesques. Le désir d'unité et de continuité est d'abord visiblement souligné par l'existence de cycles de plusieurs textes : ceux qui concernent par exemple la chasse ou le renvoi de la vieille bonne dont la présentation morcelée en trois ou quatre courts récits a quelque chose de si artificiel qu'elle attire par là même l'attention sur la continuité réelle. Renard par ailleurs soigne avec beaucoup de précision le jeu des retours. Dès la page 22, le début du « Pot » en est à présenter plusieurs traits déjà rencontrés, qui fonctionnent comme autant de rappels : les ennuis de l'enfant au lit, sa peur de la nuit, la veillée en famille. Ce n'est pas encore un ordre caché, c'est au moins une très intime cohérence qui permettra plus facilement sa réalisation.

Si une introduction à la manière traditionnelle fait agressivement défaut, derrière le disparate de la peur de l'enfant dans « Les Poules », de sa cruauté dans « Les Perdrix », des aboiements du chien et des pincements de Mme Lepic à l'infortuné petit dormeur, se construit en fait une ouverture nocturne en quatre temps centrée sur les tâches qui incombent à Poil de Carotte, et qui se termine par le lit. Même au lit, l'enfant est encore poursuivi par les exigences de la nature et de la famille : « Sauf votre respect » et « Le Pot » le montrent en une progression bouffonne qui amène le lecteur à une première pause, à un premier instant de grâce, celui dont jouit l'enfant au milieu de ses « Lapins » tandis que brille au-dehors « le grand soleil des siestes ».

Après la sieste, les activités reprennent, entraînant des mésaventures avec ces objets maléfiques que sont « La Pioche » et « La Carabine » : grand frère Félix s'y trouve associé et, comme la nuit dans les quatre premiers récits, sa présence joue pour ces deux textes un rôle unificateur. L'idée de meurtre fait passer de « La Carabine » à « La Taupe » qui seule explique ensuite les très précises descriptions des taupinières de « La Luzerne ». Pour être capricieux, l'enchaînement reste net. Après le manger, le boire. Après « La Luzerne », « La Timbale ». Une fois à table, nous attend le petit drame intime de « La Mie de

1. *Journal*, p. 244.

pain ». Humiliée, Mme Lepic ne tarde pas à prendre une revanche complète dès « La Trompette », et cette trompette désespérément juchée tout en haut de l'armoire fait lever l'image voisine et antithétique de « La Mèche » rebelle au sommet du crâne.

On aura compris le jeu de Renard et chacun pourra trouver plaisir à le prolonger jusqu'à la fin de l'œuvre. Mais le résultat est que, sous le désordre et tout en conservant les charmes du désordre, un ordre se profile, plein d'imprévus et de fantaisie, mais clair, indiscutable, dont la nécessité ne repose en fin de compte sur rien d'autre que le mécanisme associatif du narrateur lui-même. Ce curieux échafaudage prend ainsi quelque chose des allures à la fois strictes et désordonnées d'un univers de rêve. L'ordre caché de *Poil de Carotte* tire sa force d'une certaine forme d'onirisme et Léon Guichard n'avait pas tort de conclure : « Ce manque de composition, où Renard voyait une faiblesse, est en fin de compte une force[1]. »

Un document limité

Pour évoquer son enfance et des lieux où il revenait encore très souvent, l'œil aigu de Renard ne manquait pas de matière et aurait pu aisément fixer son Nivernais natal en détails multiples et précis. Cette documentation que pour *La Terre* Zola avait eu besoin systématiquement de récolter, Renard au départ l'a toute à sa disposition. Il n'en fait que très peu usage. On la retrouve beaucoup plus riche dans son roman antérieur, *Les Cloportes*, qu'il a gardé inédit. Mais dans *Poil de Carotte* un filtre impitoyable a écarté, rejeté ou décoloré tout ce qui pouvait rappeler le roman naturaliste de l'époque dans lequel l'apport documentaire tient si volontiers une place considérable. Il faut même se méfier à la lecture de ne pas trop projeter dans le texte ce que nous pouvons savoir de l'enfance et de l'époque de Renard. Le village, par exemple, dans le roman n'est même pas nommé ; la place qu'y tiennent les parents n'est jamais précisée ; on ne sait même pas ce que fait le père, ce qui motive ses déplacements[2]. Tous les points

1. *Œuvres*, Pléiade, tome I, p. 645.
2. On n'en sait pas davantage sur le père de Poil de Carotte que sur beaucoup de ceux de l'univers romanesque de la comtesse de Ségur par exemple, auteur que par ailleurs Renard n'ignorait pas, voir *Journal*, Pléiade, p. 367.

d'appui normalement attendus font défaut. Les renseignements que l'on arrive à glaner ou bien sont ponctuels et en apparence aberrants comme la pratique du fer trempé dans l'auge (« Les Moutons »), ou bien sont étroitement liés à la vie de la cellule familiale, du type : on y lit beaucoup à la veillée (voir pp. 15 et 18), on y a besoin d'un personnage de bouffon, et Agathe à l'occasion peut tout aussi bien jouer ce rôle que Poil de Carotte (p. 54). Mais jamais une vision d'ensemble qui se veuille, fictivement au moins, complète. Renard fuit les descriptions à tel point que son texte décharné, ses voix alternées coupées de quelques maigres phrases nerveuses évoqueraient plutôt pour l'aspect technique certains passages des derniers romans ou scénarios de Marguerite Duras. Lui qui admirait Zola, confirme, après *L'Écornifleur*, l'éclat de son antinaturalisme. Qu'il ait été un des pères fondateurs du *Mercure de France*, officine majeure du symbolisme, n'a donc rien pour surprendre. Même s'il comprend aussi mal Maeterlinck que Mallarmé, il est, quand il écrit, bien plus de leur côté que de celui de Zola ou de Maupassant. Une quête spirituelle, même si très discrètement formulée, est toujours chez lui le principe actif qui élimine et trie dans les apports de la documentation réaliste. Et ce principe ne se manifeste jamais plus heureusement que dans la création du personnage de Poil de Carotte.

La personnalité de Poil de Carotte

Le lien qui unit l'auteur à son personnage et l'utilisation qu'il fait de ce lien sont en eux-mêmes de nature très particulière, dans ce roman. Sans doute Balzac était-il derrière Rastignac tout comme Stendhal derrière Julien Sorel, mais cette fois le surnom même de l'enfant, qui a été celui de Renard, invite à une identification beaucoup plus étroite qui ne doit plus être étudiée du seul point de vue biographique [1] mais à l'intérieur même de l'œuvre comme sa donnée constitutive. *Poil de Carotte* est un rêve autobiographique de Renard avec toutes les fantaisies, tous les délires, toutes les erreurs d'un rêve mais aussi, toute sa force, sa lucidité et, pour finir, sa vérité supérieure. Grâce à ce personnage d'enfant, l'homme accède enfin à une

1. Cette étude a été faite à plusieurs reprises par Léon Guichard et notamment dans son Introduction des *Œuvres* de Renard dans la Bibliothèque de la Pléiade, t. I, pp. 637-642.

vraie vie, et le livre est fait de ces échanges incessants entre un homme et un enfant qui ne font qu'un. Poil de Carotte est tout près de Renard : il garde pour lui cependant cette radicale étrangeté d'être un enfant.

Ce que nous voyons par ses yeux n'est jamais conforme à une vision traditionnelle et attendue. Parce qu'il est un enfant, il est spontanément original et Renard n'a pas ménagé les effets dans ce sens. Il retrouve les techniques des récits du XVIIIe siècle qui, à partir des étonnements de ces grands enfants que sont les étrangers, Persans, Hurons ou Ingénus, ont abouti un siècle après aux romans des enfances souvent malheureuses racontées par Dickens, Daudet, Mme de Ségur, Vallès, Loti ou Anatole France. Le procédé est toujours le même : libre de tout préjugé, de tout présupposé (ou peut-être lourd de préjugés et de présupposés différents), le regard d'un enfant sensible et malheureux est doté d'une admirable indépendance par rapport aux perceptions routinières des adultes : il frappe de vanité le monde ordinairement reçu. C'est ainsi que dans notre texte le regard de l'auteur-Poil de Carotte suscite le petit monde des Lepic avec l'acuité et la partialité que seule lui permettait d'atteindre la fiction d'un intermédiaire enfantin. D'autant qu'il ne s'agit pas cette fois de n'importe quel enfant.

Le jeune Lepic, en effet, sur lequel on s'est trop apitoyé, est, bien autant que victime, bourreau, il ne faut pas l'oublier. Et victime peut-être parce que d'abord bourreau. A aucun moment en tout cas Renard ne le dit bourreau parce que victime. Il détestait « l'enfant en sucre » auquel les auteurs à la mode comme Gustave Droz, et Hugo lui-même, avaient habitué le public. « L'enfant, écrit-il, Victor Hugo et bien d'autres l'ont vu un ange. C'est féroce et infernal qu'il faut le voir. [...] L'enfant est un petit animal nécessaire. Un chat est plus humain. Non l'enfant qui fait des mots, mais celui qui enfonce ses griffes dans tout ce qu'il rencontre de tendre. La préoccupation du parent est continue, de les lui faire rentrer[1]. » Poil de Carotte peut faire souvent pitié — et la pièce de théâtre tirée par Renard de ses récits ne retiendra, hélas ! que ce seul aspect —, mais il est avant tout le petit monstre qui s'acharne sur une taupe[2] et massacre un pauvre chat

---

1. *Journal*, Pléiade, p. 54.
2. Voir p. 32. Il ne sert à rien de tenter d'édulcorer ce texte pénible en y voyant soit Poil de Carotte faisant à la bête ce qu'il aimerait faire à sa mère, soit Poil de Carotte s'identifiant à cette dernière et châtiant sa propre faiblesse sur le petit animal. Car

(p. 90), qui, avec l'aveugle (p. 59) et Marie-Nanette (p. 80), montre « en son âme de lièvre où il fait noir » (p. 90) une solide dureté de cœur. Par ailleurs vantard, calculateur[1], discoureur, raisonneur[2], il a déjà d'un homme fait les défauts et les ridicules. Son physique est d'un enfant mais, comme trente ans plus tard le Victor de Vitrac, c'est un esprit d'homme qui l'habite, d'homme en lutte constante contre le sort et contre lui-même. Son vrai pathétique vient de cette condition d'homme, non d'une faiblesse enfantine qui ne cesse de décroître au fil de l'œuvre. Dès le début d'ailleurs Poil de Carotte se révèle beaucoup plus fort que les deux autres enfants du récit, son frère et sa sœur. Il joue dans la famille et le cercle d'amis de ses parents un peu le rôle de singe savant. Un chœur muet[3], presque toujours, entoure et met en valeur ce pimpant protagoniste. Et c'est bien parce qu'il est doté d'une nature aussi riche jusque dans ses contradictions, d'une volonté aussi insidieuse et conquérante qu'il s'attire les foudres maternelles et suscite chez son père confiance et perplexité.

Poil de Carotte crâne et ruse sans cesse. S'il est préposé aux tâches les plus ingrates de la maison, ce sont pour lui autant d'occasions de gloire[4]. Il marche à l'admiration et au compliment[5]. Mais à malin malin et demi : l'enfant échoue et notre rire vient de ce qu'il a trouvé plus fort que lui. Il ne lui reste plus qu'à recommencer. « De l'herbe ! c'est une idée et nos parents seront attrapés » (p. 34) : il ne pense qu'à épater, à rouler autrui et d'abord ses père et mère. S'il jalouse Marseau (p. 70), dans ce texte des « Joues rouges » beaucoup moins marginal par rapport à l'ensemble qu'on ne l'a dit, c'est parce que ce garçon, point de mire de tous, à l'institution Saint-Marc, lui ravit le vedettariat. Ce récit nous empêche ainsi de voir dans ce goût du compliment chez l'enfant le simple besoin d'être rassuré sur lui-même, la quête en tous sens d'une ten-

dans les deux cas reste fondamental cet acharnement atroce contre la vie qui nourrit tant de pages du *Journal*.

1. Voir p. 40 un exemple de la malice qu'il met dans son calcul.
2. Voir par exemple p. 123.
3. Voir entre autres les pages 38, 77, 79-80, 92, 121, 134.
4. N'oublions pas que la maison de campagne de Renard s'appelait « La Gloriette ».
5. On en trouvera quelques exemples aux pages 32, 114, 146, etc.

dresse trop chichement mesurée au départ. Bien davantage, Poil de Carotte cherche à étonner, à séduire et par là même à conquérir. Les cruelles incertitudes de son univers intérieur, il les fuit dans ce divertissement pascalien et ce nouvel Éden que devient pour lui le regard admiratif de l'autre. Et si, comme pour Sartre, les autres sont souvent pour lui l'enfer, c'est qu'il espérait trop d'un douteux paradis : l'enfer n'est rien d'autre que l'échec de son projet sur eux de domination.

Ainsi loin de respirer la nostalgie du retour aux quelques moments heureux d'une enfance même difficile, ce roman est le récit froid d'un dressage. Aux antipodes de la conception rousseauiste et romantique de l'enfance, l'acquisition de la sagesse se fait durement, dans les larmes, à la fois contre un milieu extérieur hostile mais aussi contre un milieu intérieur mystérieusement rebelle. Les ombres de la personnalité de Poil de Carotte jouent ainsi un rôle décisif dans le roman : elles permettent à l'enfant de devenir plus facilement le symbole de l'ambiguïté humaine face aux vexations d'un destin mauvais.

La réponse de l'humour

Sous les dehors plaisants, acides et piquants, des anecdotes racontées, un drame unique se joue en effet auquel tôt ou tard le lecteur est obligé d'être sensible. L'enfant et, à travers lui, l'adulte qu'il est devenu et qui écrit l'histoire sont engagés dans une véritable quête spirituelle. Parce qu'il présente souvent des formes dérisoires, le mal auquel ils se heurtent n'est que plus absurde et insupportable. Aussi l'auteur recueille-t-il les détails les plus sordides de la saleté, de l'infirmité et même du scatologique. L'acuité de l'expérience du mal se manifeste de même dans la hantise du suicide qui revient à trois reprises (pp. 130, 139 et 147) dans la fin d'un texte aussi court. On pourrait être tenté d'y voir une exagération enfantine à traiter — c'est ce que les parents essaient de faire — comme un simple travers psychologique, le défi d'un jeune être avide d'attirer sur lui l'intérêt, mais ce serait négliger toute la force de l'instinct de mort à l'œuvre dans le roman et dans le héros. Lutter contre l'idée du suicide, c'est aussi pour l'enfant affronter la pulsion sadique qui le faisait s'acharner sur une taupe ou sur un chat. Le manuscrit de *Poil de Carotte* qui appartenait à Sacha Guitry porte ces mots de la main de Renard : « Poil de Carotte est exceptionnel, mais c'est

déjà trop que j'ai pu l'inventer. » La même idée vaut pour
le suicide. Rien que d'en parler autant signifie quelque
chose. Et la suite des événements a donné un sens quasi
prémonitoire à la vision fantastique de l'enfant qui, devant
les habits de la famille accrochés au portemanteau, imagine « des suicidés qui viennent de se pendre après avoir
eu la précaution de poser leurs bottines, en ordre, là-haut,
sur la planche » (p. 130). Son père en effet se tuera d'un
coup de fusil ; quant à sa mère, Renard ne saura jamais si
c'est par accident ou volonté délibérée qu'elle a fait dans le
puits du jardin une chute mortelle. Mais quinze ans plus
tôt, dans *Poil de Carotte*, Renard écrivait déjà de ce « puits
du jardin comme creusé là exprès pour qui voudrait s'y
jeter par la fenêtre » (p. 130). M. Lepic a raison : le tort de
l'enfant est de croire que la mort n'a tenté que lui[1], alors
qu'elle rôde au cœur de tous les êtres. Au travers de situations petites et par des moyens dérisoires, c'est contre le
mal absolu installé au cœur de leur univers que, sournoisement[2], luttent les trois principaux personnages du récit. Le
puits et le fusil ne sont jamais très loin. Mais la grandeur
de pareil adversaire grandit aussi les combattants et, du
fond de l'obsédante dégradation, surgit le retournement
humoristique qui, jusque dans ses plus humbles détails,
pourra dès lors revêtir des couleurs héroïques.

L'humour est partout dans *Poil de Carotte*, très peu
cependant sous la forme de cet humorisme fin de siècle,
quasi professionnel, dont, comme ses amis Allais, Bernard
et Courteline, Renard a été à ses débuts un adepte fervent.
Son aspect mécanique l'a vite lassé, et il a fait peu à peu, et
principalement avec *Poil de Carotte*, la découverte du véritable humour, celui auquel il consacre, quelques semaines
avant sa mort, une des dernières notes de son *Journal* :
« Humour : pudeur, jeu d'esprit. C'est la propreté morale et
quotidienne de l'esprit. Je me fais une haute idée morale et
littéraire de l'humour. / L'imagination égare. La sensibilité
affadit. / L'humour, c'est, en somme, la raison. L'homme
régularisé » (*Journal*, Pléiade, p. 1266). Loin des simples
techniques humoristiques, l'humour, on le voit, devient un
principe de vie aux résonances aussitôt personnelles et
métaphysiques. Comme Renard le disait de Poil de
Carotte, l'humour est une tournure d'esprit. Les rires et

1. C'est ce que lui dit son père, voir p. 139.
2. La notion de « sournois » est très présente dans l'univers du
roman, voir notamment pp. 22, 108, 110, 126.

sourires très variés qu'il suscite ne sont que des moyens mis en œuvre par une conscience inquiète, provisoirement victorieuse. Et c'est bien là le bonheur visé par Poil de Carotte. Tel un sage antique, plutôt que de changer l'ordre du monde, il entend s'installer en esprit à ce centre de tout qui, avec la sérénité du détachement, apporte la domination. Par l'apprentissage progressif des diverses formes de la réponse au Mal : réflexions intérieures[1], plaisanteries, bravade et philosophie, l'enfant tout au long du livre se forge laborieusement une sagesse dont le rejet brutal et, aussitôt après, l'établissement définitif marquent précisément la fin du livre. Le rejet brutal et ponctuel, c'est le texte de « La Révolte » : l'enfant dit non à sa mère et la fait céder. Pure victoire physique, parfaitement vaine car sans lendemain. A ce moment d'ailleurs le père ne dit rien. C'est dans le texte suivant, « Le Mot de la fin », que le père prend la parole et c'est pour établir définitivement l'humour en apprenant à son fils la force et l'importance de l'état d'esprit intime, de la réserve intérieure. Le poids du regard d'autrui disparaît, l'enfant comprend qu'il ne doit plus maintenant se tenir que de lui-même. Il ne faut donc pas s'y tromper : *Poil de Carotte* sans doute est le roman de la mère et du fils mais tout autant sinon davantage le roman du fils et du père. La mère représente la force hostile, bavarde et trop présente, le père la force supérieure[2], muette et distante, dont la bienveillance ne fait jamais défaut. C'est à la seconde que l'enfant vise, contre la première, à s'identifier. Il rêve d'un secret entre son père et lui (p. 107) et ce secret existera pour finir : ce sera la sagesse transmise et reçue à l'avant-dernier chapitre. Car il y a un dernier chapitre différent : « L'Album de Poil de Carotte » et cette fois la sagesse de l'enfant devenu adulte prolonge et dépasse celle du père.

L'humour si difficile à saisir dans les maigres propos de M. Lepic, cet humour dont l'enfant avait déjà fait comme une première expérience durant les rares instants de grâce çà et là rencontrés (voir pp. 27, 36, 97), Poil de Carotte a trouvé dans l'écriture le moyen de l'extérioriser et de le fixer. C'est le sens que l'on peut donner au chapitre final : « L'Album de Poil de Carotte ». Album de Renard certes où il rassemble en un bouquet final quelques notes éparses

1. Ainsi au départ le simple « Je m'en doutais » de la page 22.
2. Un texte comme « La Mie de pain », p. 38, est ici capital où Mme Lepic est humiliée par son mari devant ses enfants.

non utilisées mais bien davantage album de l'enfant lui-même, album tenu par Poil de Carotte qui, utilisant le « il » pour parler de lui-même, ne fait rien d'autre que ce que faisait Renard lorsqu'il créait dans *La Lanterne sourde* le personnage d'Éloi, son double. De même que dans *L'Écornifleur*, le héros écrit un livre qui ne peut être que *L'Écornifleur*[1], la sagesse acquise par l'enfant dans les dernières pages nous renvoie à l'origine du livre par un effet de structure humoristique abyssale tout à fait comparable à celle du grand roman de Proust. Sagesse et humour étaient donc au bout de la route. Le théâtre mis à part, Renard ne s'en écartera plus désormais, et l'ombre portée de Poil de Carotte s'étendra aussi bien aux *Histoires naturelles* qu'à la transparence passionnée de *Nos frères farouches*, *Ragotte*. À la fin de ce dernier texte, quand l'automne arrivant donne le signal du repli dans la maison, n'est-ce pas toujours la même sagesse de l'humour qui fait écrire à Poil de Carotte devenu grand : « La vraie vie intérieure commence. Le frisson brusque et sans cause connue, que les arbres se transmettent en une courte agitation, passe au cœur de l'homme soudain grave et le laisse longtemps troublé[2]. » La leçon de M. Lepic a été entendue : Mme Lepic n'existe plus.

Et c'est ce qui rétrospectivement éclaire les particularités du roman en miettes, de l'ordre caché comme du personnage de *Poil de Carotte*. Il ne s'agissait pas de fantaisie formelle un peu gratuite, de pure recherche de la surprise et du cocasse mais de la structure ouverte, éclatée qui seule convient à un grand livre de sagesse : « Avec une pareille visée, il n'était pas plus nécessaire pour Renard de construire selon les données traditionnelles que nous ne les rencontrons dans n'importe quel livre de vie, dans n'importe quel recueil de sagesse comme les Évangiles, par exemple, où de la même façon les manques sont si nombreux puisque la seule chose qui intéresse est l'état d'esprit de Jésus. Toutes proportions gardées, *Poil de Carotte* ne vise aussi qu'un état d'esprit, celui de l'enfant, c'est-à-dire celui de l'Homme qui souffre dans sa présence au monde, et, nouvel Évangile, ce livre apporte à ses lecteurs, sous des formes comparables à celles de l'ancien, une bonne nouvelle : l'Humour[3]. »

1. On pense ici au Gide de *Paludes* et plus tard des *Faux-Monnayeurs*.
2. *Œuvres*, Pléiade, tome II, p. 452.
3. Michel Autrand, *L'Humour de Jules Renard*, Klincksieck, 1978, p. 196.

Travail de l'écrivain

Au milieu de tentatives diverses comme le roman non publié des *Cloportes* ou les nouvelles sans lecteurs de *Crime de village*, Renard ne paraissait guère au départ s'intéresser au personnage de l'enfant. C'est dans un recueil humoristique de 1890, *Sourires pincés*, que sont pour la première fois publiés sous le titre générique de *Pointes sèches* neuf textes courts qui mettent en scène le jeune Poil de Carotte. Ces textes (« Les Poules », « Les Perdrix », « Aller et retour », « Sauf votre respect », « La Pioche », « Les Lapins », « La Trompette », « Le Cauchemar », « Coup de théâtre ») figureront tous dans le recueil définitif, sans avoir subi de modifications beaucoup plus notables que la réduction du nombre des alinéas ou la transformation des imparfaits en présents. Poil de Carotte est donc dès ce moment une réalité vivante pour Renard. Il mettra cependant quatre ans encore pour en faire un livre et mener à bien une œuvre qu'en 1892 il croyait déjà pouvoir annoncer à Courteline comme terminée. Elle lui a en fait demandé un travail de mise au point considérable dont témoignent les fragments manuscrits conservés. La sortie chez Flammarion n'eut lieu qu'en septembre 1894.

On a souligné à juste titre l'origine en partie littéraire de cette œuvre et montré jusque dans le détail les rapports qu'elle entretient avec Dickens ou Vallès[1]. Si intéressants qu'ils soient, ces rapprochements pâlissent devant l'importance de la source personnelle. Le *Journal* de l'auteur permet de dater très précisément la première idée de *Poil de Carotte* et de la reconnaître pour une idée de vengeance intime, de vengeance familiale. En février 1889, les parents de Renard l'accueillent ainsi que sa femme pour la naissance de leur premier enfant. L'accueil fait à sa belle-fille par Mme Renard mère a poussé son fils — il l'a noté après coup en janvier 1906 — à riposter en écrivant *Poil de Carotte*. De ce drame privé, il est impossible au départ de ne pas tenir compte.

La première édition comprend quarante-trois récits et « L'Album de Poil de Carotte ». L'édition suivante, en 1902, outre cinquante dessins de Vallotton, offre cinq récits supplémentaires : « Le Pot », « La Mie de pain », « La Mèche »,

---

1. Voir Léon Guichard, *Dans la vigne de Jules Renard*, P.U.F., 1966, pp. 222-231 ainsi que les notes de l'édition de la Pléiade.

« Lettres choisies » et « Les Idées personnelles ». C'est l'édition définitive reproduite dans les *Œuvres complètes* publiées chez Bernouard en 1925-1927. Renard a vu encore, avant sa mort, la célèbre édition Calmann-Lévy, illustrée par Poulbot (1907).

Le livre et son public

Le public et la critique firent à *Poil de Carotte* un accueil chaleureux, et le succès depuis ne s'est jamais démenti mais il est devenu inséparable de celui de la pièce tirée par Renard de son texte ainsi que du succès du film de Julien Duvivier sur le même sujet. Pièce et film cependant sont très différents de l'original dont ils accentuent abusivement un aspect : celui de la pitié à l'égard du jeune enfant. L'original était plus subtil, l'enfant plus complexe, et Renard s'inquiétait beaucoup de la réception qu'on lui ferait. Parmi ses amis, Tristan Bernard a été un des premiers à le rassurer : « Tous vos amis trouvent que *Poil de Carotte* est ce que vous avez fait de mieux. Personne ne sent mieux que moi l'humanité de votre petit héros. Toulouse-Lautrec veut vous voir. Selon moi, *Poil de Carotte*, moins « Les Joues rouges », est un livre où l'on prendra plus tard une série de thèmes allemands » (*Le Journal*, 8 novembre 1894).

Dès sa première apparition dans *Sourires pincés* (1891), Poil de Carotte avait frappé les contemporains et Renard était devenu l'auteur de *Poil de Carotte* trois ans avant d'avoir publié le livre qui porte ce titre. Voici comment Edmond de Goncourt évoque dans son *Journal* la première visite de Renard chez Daudet : « 5 mars 1891. Ce soir, chez les Daudet, première visite de Jules Renard, l'ironique créateur de *Poil de Carotte* [...], froid, sérieux, flegmatique, n'ayant pas aux bêtises qui se disent le rire de la jeunesse. »

La déformation que l'on a fait aussitôt et instinctivement subir au héros apparaît bien par exemple dans ce qu'écrit Paul Ginisty dans *Le Gil Blas* du 28 novembre 1890 : « Il y a là, surtout, une physionomie typique, celle d'un pauvre enfant, toujours contrecarré, vexé, humilié, sous les apparences de l'affection maternelle. Son bon sens, sa droiture, ses instincts de justice sont constamment blessés ; ses parents lui imposent leurs goûts et leurs dégoûts, révoltent inconsciemment sans cesse sa petite âme neuve, et c'est tout naturellement qu'il est conduit, un jour, à exhaler très doucement cette réflexion, comme s'il rêvait à un impossible idéal : « Tout le monde ne peut pas être orphelin ! »

· Directeur du *Mercure de France* et ami de Renard, Alfred Vallette en tout cas n'a pas manqué de voir dès le départ l'importance de cette figure nouvelle dans l'œuvre de Renard : « Voici peu de jours que la librairie Alphonse Lemerre a mis en vente *Sourires pincés* [...] et déjà Poil de Carotte a la notoriété du loup blanc. A vrai dire on n'aperçoit ici que le bout de son nez, en quelques scènes seulement de sa toute enfance ; mais son destin est de jouer le « héros » d'un prochain roman de M. Renard, qui — et pour cause — le chérit d'une grande tendresse. J'ai voulu dès l'origine lier à celui de son auteur le nom de ce personnage, parce qu'il me paraît devoir occuper dans l'œuvre de M. Jules Renard, qui sera probablement considérable, une des premières places, et c'est, je crois, l'étude des impressions de *Poil de Carotte* qui servira le mieux la critique quand plus tard elle prendra souci d'expliquer au total le curieux (bizarre) esprit de qui le créa. [...] Le fumet *sui generis* de ce livre me semble émaner de la combinaison de trois éléments qu'on voit rarement réunis, et je qualifierais volontiers M. Renard analyste paradoxal et humoristique » (*Le Mercure de France*, décembre 1890).

Les commentateurs ne tarissent pas sur le caractère surprenant, curieux du texte et, pour le qualifier, utilisent soit des alliances de contraires, soit, comme Éloi Majoral, la notion encore vague et étrangère d'« humour » : « Il y a une histoire d'un certain Poil de Carotte, souffre-douleur résigné et ahuri d'une famille de bourgeois, qui fait mal. C'est de l'humour anglais, irritant les nerfs, poussé jusqu'au jaillissement du sang. Et avec cela, livre d'un artiste » (*La Célébrité contemporaine*, janvier-février 1890). Jean Lombard de même songe à l'Angleterre et parle d'un « inoubliable type analogue à certains personnages de Dickens » (*La France moderne*, 16-29 avril 1891). Tous les critiques au demeurant rivalisent d'ingéniosité dans la définition de ces pages si neuves : « C'est une boîte de dragées d'aloès, conseillées aux cerveaux relâchés par l'abus des romans habituels », écrit Lucien Descaves dans *Le Journal* du 22 novembre 1894 ; et Lucien Muhlfeld dans *La Revue blanche* du 15 décembre 1894 : « C'est la perfection de Voltaire. » Maurice Pottecher, dans *La République française* du 7 janvier 1895, réclame plus de prudence : « Ironiste, c'est vite dit... L'ironie de Jules Renard dépasse de beaucoup le jeu d'esprit... Une humanité intense vit dans ce petit héros. »

Léon Daudet est le premier à présenter du personnage et de son créateur une analyse nuancée : « Nous avons en Jules Renard un ironiste en quelque sorte involontaire... La voix aigre de sa mère passe en lui, la veulerie de son père l'accable, les tiraillements intéressés de son frère et de sa sœur disloquent en lui la bonté. Il devient cruel, pervers dans la profondeur, dans ces régions de l'âme qui n'agissent pas mais stagnent. [...] Il traite la nature par traits précis et légers, à la japonaise. [...] Il a la tradition soucieuse et méticuleuse de Flaubert, le même attrait pour l'hyperbole dans la sottise que le créateur de *Bouvard et Pécuchet*. Mais son procédé est tout différent. Il arrête l'émotion tout court et presque cruellement » (*La Nouvelle Revue*, 15 décembre 1894).

Contre l'évidence immédiate, la poésie de *Poil de Carotte* trouve vite d'ardents défenseurs, et d'abord Charles Maurras dans *La Revue encyclopédique* du 7 janvier 1895 : « M. Jules Renard peut être défini le contraire essentiel du poète lyrique. Et je crois qu'il méprise un peu la poésie, les poètes, leur éloquence, leurs systèmes et cette symbolique qui leur est chère. Cependant, il n'est point sans poésie lui-même. J'irai plus loin, il est poète à la manière d'un satirique très sec. » Léon Blum n'est pas d'un avis différent, qui, dans *Le Mercure de France* de juillet 1895, se demande où il convient de classer Renard : « Parmi les romanciers, les humoristes, les ironistes, les moralistes ? — Si forcé que puisse sembler le paradoxe, j'ai déjà donné mon avis : il est, à mon sens un poète. »

Les principaux problèmes soulevés par *Poil de Carotte* sont celui de l'appartenance de Renard au réalisme, et celui de sa bonté. Camille Mauclair n'hésite pas à situer Renard aux antipodes du réalisme : « Jules Renard apparaît si sincère dans ses revendications d'homme contre la vie qu'une sympathie soudaine m'est venue pour lui, alors que m'avaient inquiété ses tendances de foi unique dans ce qu'il nomme le réel. Les âmes meurtries sont toujours attrayantes ; celles qui choisissent l'ironie pour voile de leur réserve triste le sont plus encore : celle de M. Jules Renard est telle » (*Essais d'art libre*, 22 mai 1892). Edmond Haraucourt, de son côté, soutient dans *Le Gaulois* du 13 décembre 1898 que la cruauté de l'auteur de *Poil de Carotte* n'est que l'envers d'une candeur blessée : « Il sait voir et, triste d'avoir vu, il sait rire mais son rire inquiète un peu. [...] On se demande si cette cruauté n'est point faite de bonté, et si l'ironie d'un tel scepticisme n'est pas la douloureuse revanche d'une candeur qui se débat contre la vie. »

D'où l'insatisfaction de beaucoup devant l'emploi pour Renard du mot « ironiste ». Ainsi C.F. Ramuz : « Seulement, encore une fois, Renard n'a-t-il prétendu qu'à nous amuser ? Et il demeure entendu d'avance que cet amusement serait d'un ordre supérieur, subtil même parfois. Mais n'y a-t-il que cela ? Je n'y crois guère. Il faudrait rechercher de quoi cet « ironiste » est fait. Je dirais qu'il est fait pour moitié d'un poète, et d'un poète sans éloquence, ce qui est rare dans la littérature française » (*La Semaine littéraire*, Genève, 2 janvier 1909), et encore Marcel Ballot dans *Le Figaro* du 7 décembre 1908 : « Peut-être n'a-t-on pas assez dit quelle indulgence compréhensive, quelle humanité frémissante guident et, parfois même, font légèrement trembler la pointe de l'ironiste. [...] Sa virile pitié [...] est le foyer caché des livres de M. Jules Renard et admirer en ce grand artiste on ne sait quel virtuose clownesque et pince-sans-rire, c'est vraiment le méconnaître. »

C'est finalement le mot « humour » qui, pour définir le genre de l'auteur de *Poil de Carotte*, est le plus près de faire l'unanimité des critiques, même s'ils ont souvent tendance comme Louis Moriaud par exemple à réduire la portée de cet humour et à le châtrer de son inquiétude et de sa férocité : « Jules Renard a conquis une des premières places parmi les humoristes actuels. Une de ses principales qualités [...] est en effet l'humour, ce mélange de gaieté et de tristesse, de douce philosophie et de brusque sensibilité » (*Le Genevois*, 19 mars 1894).

Comme bien d'autres, René Boylesve a remarqué dans la « tragi-comédie » de *Poil de Carotte* une alliance étroite de l'amertume et du rire. Plutôt que d'humour, il revient dans *Le Gaulois* du 16 décembre 1908 à la notion de poésie mais lie cette dernière à la présence de l'enfant dans l'univers de l'œuvre : « Une renommée populaire salue aujourd'hui Jules Renard comme un de nos plus brillants humoristes. Quoique ce titre n'ait rien qui dépare, il ne semble pas juste dans le cas présent. [...] L'originalité de sa poésie, je crois qu'elle vient de ce que l'homme a gardé vis-à-vis des gens et des choses, et par un rare privilège, la sensibilité et la tournure d'esprit des enfants. Il a leurs mots étonnants et leurs épithètes géniales. C'est ce qui fait qu'on sourit souvent en l'admirant et ce sourire empêche de voir Renard aussi grand qu'il est. »

Jean Paulhan qui se fait la plus haute idée de Jules Renard jusqu'à le considérer pour la conception sacrée de l'art au XIXᵉ siècle comme un égal de Rimbaud et de Mallarmé, déclare qu'il « échappe à tous les classements » car il est « parvenu au point d'où l'on peut descendre aussi bien dans le réalisme que dans le symbolisme ou l'humour. » (*in Œuvres complètes*, Cercle du Livre précieux, 1969, tome IV, p. 129).

Mais une des lectures les plus perspicaces de *Poil de Carotte* reste celle que proposait Alain-Fournier dans une lettre à Jacques Rivière du 30 décembre 1906 : « *Poil de Carotte* est un pur chef-d'œuvre dont on n'a saisi ni le sens ni la portée. (On a ri à se tordre.) Et quelle mélancolie ! Et quelle vengeance contre la société oppressive ! [...] Comme il est utile peut-être au fond que les enfants soient malheureux et méconnus de leurs parents ! La contradiction leur enseigne l'irrévérence. Et l'irrévérence est la condition du développement de toute intelligence. En se renfermant sur eux-mêmes avec leurs illusions déjà perdues, les enfants se découvrent une force intense de personnalité, un désir de se grandir pour se venger, désir tenace et qui interdit tout repos, — le plus souvent. »

Enfin l'importance du père dans l'œuvre n'est pas restée inaperçue, notamment de Bertrand Poirot-Delpech qui, dans *Le Monde* du 15 juin 1984, écrivait : « C'est vrai, Poil de Carotte tremble devant toute chose parce qu'il a tremblé de la pire des peurs, celle de ne pas être aimé. Mais il se définit aussi par l'impossibilité d'en tenir rigueur. Renard ou la rancune impossible. Les brèves notes sur le suicide de son père bouleversent plus que tous les lamentos des fils modèles. La tendresse échangée entre eux ne se voyait pas. Elle passait par des racines souterraines. [...] Et cet aveu, qui éclaire le lien mystérieux entre son père et son art : « Cette sensation poignante qui fait qu'on touche à une phrase comme à une arme à feu. »

Phrases clefs

Renard dans *Poil de Carotte* n'a rien du moraliste ni du polémiste. Ses phrases clefs ne sont pas des vérités générales mais des observations très particulières concernant son héros : ce qu'il fait, ce qu'il pense, ce qu'il dit, ce qu'il voit, ce qu'on dit de lui, ce qu'il dit de lui-même. La figure exemplaire qui prend corps ainsi peu à peu à travers l'enfant devient celle de l'Homme même en lutte contre le Destin. Comme le souligne dès le titre la couleur des cheveux, il n'est pas difficile de retrouver dans *Poil de Carotte* une autre version de son quasi contemporain *Tête d'or*.

P. 20 : « Un jour il se fera pincer, mais depuis longtemps sa ruse lui réussit. »

P. 23 : « Elle lui laisse la bougie et ne lui laisse point d'allumettes. Et elle l'enferme à clef parce qu'il est peureux. »

P. 25 : « Qu'est-ce que j'ai donc fait au Ciel pour avoir un enfant pareil ? »

P. 33 : « Et plus Poil de Carotte enragé tape, moins la taupe lui paraît mourir. »

P. 36 : « Le vent souffle de douces haleines, retourne les minces feuilles de luzerne, en montre les dessous pâles, et le champ entier est parcouru de frissons. »

P. 38 : « Il avait cru s'imposer une privation douloureuse, accomplir un tour de force, et il ne se sent même pas incommodé. »

P. 41 : « Tout en haut de l'armoire, sur une pile de linge blanc, roulée dans ses trois pompons rouges et son drapeau à franges d'or, la trompette de Poil de Carotte attend qui souffle, imprenable, invisible, muette, comme celle du Jugement dernier. »

P. 43 : « Et bientôt la première mèche se dresse en l'air, droite, libre. »

Pp. 58-59 : « C'est peut-être à moi que vous trouverez le plus difficile caractère de la famille. Au fond j'en vaux un autre. Il suffit de savoir me prendre. Du reste, je me raisonne, je me corrige, sans fausse modestie, je m'améliore [...]. »

P. 64 : « Poil de Carotte est tellement content de se voir en vacances, qu'il en pleure. Et c'est souvent ainsi ; souvent il manifeste de travers. »

P. 90 : « Poil de Carotte [...] retourne en lui, en son âme de lièvre où il fait noir. »

P. 105 : « Poil de Carotte, pâle, croise ses bras, et la nuque raccourcie, les reins chauds déjà, les mollets lui cuisant d'avance, il a l'orgueil de s'écrier : « Qu'est-ce que ça fait, pourvu qu'on rigole ! »

P. 114 : « Tout le monde ne peut pas être orphelin. »

P. 122 : « Poil de Carotte, qui toujours stupéfait d'avoir échappé au châtiment, exagère encore son repentir, rend par la gorge des gémissements rauques et lave à grande eau les taches de son de sa laide figure à claques.

P. 124 : « Trotte et ne raisonne pas. »

P. 128 : « On commence par voler un œuf. Ensuite on vole un bœuf. Et puis on assassine sa mère. »

P. 130 : « On dirait des suicidés qui viennent de se pendre après avoir eu la précaution de poser leurs bottines, en ordre, là-haut, sur la planche. »

Pp. 130-131 : « Il y a longtemps que Poil de Carotte, rêveur, observe la plus haute feuille du grand peuplier.

Il songe creux et attend qu'elle remue. »

P. 136 : « Mon cher papa, j'ai longtemps hésité, mais il faut en finir. Je l'avoue : je n'aime plus maman. »

P. 139 : « Au souvenir de ton suicide manqué, tu dresses fièrement la tête. Tu t'imagines que la mort n'a tenté que toi. Poil de Carotte, l'égoïsme te perdra. Tu tires toute la couverture. Tu te crois seul dans l'univers. »

P. 144 : « Je dis cela comme je dirais autre chose. C'est une formule de convention, une figure de rhétorique. »

P. 147 : « Il est si orgueilleux qu'il se suiciderait pour se rendre intéressant. »

Biobibliographie

1864. Naissance à Châlons-sur-Mayenne de Jules Renard, troisième et dernier enfant de François Renard, entrepreneur de travaux, et d'Anne-Rosa Colin, son épouse. La sœur aînée, Amélie, est née en 1859 et Maurice, le frère, en 1862.

1866. Retour de François Renard à Chitry-les-Mines dans la Nièvre, son pays d'origine. Il deviendra, comme plus tard son fils, maire de cette petite commune.

1875-1881. En pension à Nevers avec son frère aîné à l'institution Saint-Louis, Jules suit les cours du lycée où il fait de bonnes études classiques. Il échoue cependant à sa première partie de baccalauréat.

1881. Installé à Paris dans une chambre d'hôtel, il fait sa rhétorique au lycée et obtient sa première partie de baccalauréat. Il commence à écrire quelques vers d'inspiration romantique.

1882. De médiocres résultats obtenus en philosophie à Charlemagne avec Gabriel Séailles comme professeur le décident à renoncer à son projet de préparer l'École normale supérieure.

1883. Il obtient sa seconde partie de baccalauréat. Sa sœur Amélie épouse Albert Milland, négociant en rubans à Saint-Étienne.

1884. Ajourné au conseil de révision, et tout en cherchant une situation, il continue de mener, grâce à une petite pension familiale, l'existence d'un débutant des lettres : il lit, écrit, fait un peu de journalisme et se lie avec Danièle Davyle, de la Comédie-Française (Mme de Saint-Hilaire pour l'état civil) qui dit, dans les salons, ses vers des *Roses*. Danièle Davyle sera la Blanche du *Plaisir de rompre*.

1885. A compte d'auteur, il a remis *Les Roses* à un éditeur qui le fait attendre. Son volume de nouvelles : *Crime de village*, subit le même sort. Il commence à percer cependant. Rachilde publie dans un petit journal, *Le Zig-Zag*, un article élogieux pour le jeune Renard. — Il part en novembre pour un an au service militaire à Bourges, ce qui lui inspirera plus tard quelques contes de *La Lanterne sourde*, de *Coquecigrues* et des *Bucoliques*.

1886. En juin, publication chez Sevin des *Roses* qui éveillent très peu d'échos. Nouvelles démarches infructueuses pour trouver un emploi. Il fait la connaissance du ménage Galbrun (les Vernet de *L'Écornifleur*).

1887. Début de ce que nous connaissons de son *Journal*. En mars, Renard entre à la Société de magasinage et de crédit, tout en continuant de chercher autre chose. Il publie une des huit nouvelles de *Crime de village*, *Une Passionnette*, dans la modeste *Revue de Paris* de Léo d'Orfer. Sa place perdue, il est engagé fin juin par le romancier Augustin Lion pour diriger chaque matin l'éducation de ses trois fils. Le ménage Galbrun, chez lequel il dîne presque tous les dimanches, l'invite en août à Barfleur où il fait peut-être la connaissance de sa future femme, Marie Morneau.

1888. Il travaille à un roman, *Les Cloportes*, qui ne sera publié qu'en 1919, après sa mort. Il épouse en avril Marie Morneau et s'installe au second étage du 44, rue

du Rocher (IXe). L'immeuble appartient au jeune
ménage ; le premier est occupé par Mme Morneau mère
avec qui Renard s'entend très mal. Les Éditions de la
Grande Correspondance publient à frais d'auteur *Crime
de village* dédié par Renard à son père : ce recueil de
nouvelles n'est pas mis dans le commerce.

1889. Il emmène sa femme à Chitry pour y faire ses
couches. Mme François Renard (Mme Lepic) se révèle
comme une belle-mère tout aussi difficile que
Mme Morneau. Naissance en février du premier enfant
de Renard : Jean-François, ordinairement appelé Fantec
dans le *Journal*. Une note du *Journal* permet de dater de
cette époque la première idée de *Poil de Carotte*. — De
retour à Paris à la fin de l'été, Renard participe à la
fondation du *Mercure de France* dont le directeur-admi-
nistrateur est Alfred Vallette, le mari de Rachilde. Le
premier numéro de la revue sort le 1er janvier 1890 avec
une nouvelle de Renard : « La Demande ». La plupart
des textes de *Sourires pincés* seront de même publiés par
Le Mercure.

1890. *Les Cloportes* sont refusés par l'éditeur. En avril,
Renard travaille à *L'Écornifleur* à Barfleur. Il commence
à être connu dans les milieux de la jeune littérature à
tendances symbolistes, et rencontre un nouvel éditeur,
Alphonse Lemerre, qui publie en octobre *Sourires pincés*
dont la critique rend élogieusement compte. Il a écrit le
mois précédent un adieu ironique à la poésie.

1891. Marcel Schwob, Courteline et Capus deviennent les
amis de Renard. Il fait un certain temps partie du comi-
té de lecture du Théâtre d'Art de Paul Fort. Visites à
Rodin, Edmond de Goncourt, Alphonse Daudet, Barrès
et publication dans *Le Mercure* de textes qui formeront
Coquecigrues et *Le Plaisir de rompre*. En décembre, il
assiste pour la première fois à une représentation du
Théâtre Libre d'Antoine.

1892. En janvier, Ollendorff édite *L'Écornifleur* sans avoir
obtenu de Renard la coupure qu'il lui demandait. Nombreux articles favorables. — Le 22 mars, naissance de sa
fille Marie, Baïe dans le *Journal* de son père. Renard
publie dans divers journaux, comme *L'Écho de Paris* et
Le Journal, ce qui va devenir ensuite la matière princi-

pale de ses ouvrages. En mars et en octobre, rencontre très critique de Verlaine déchu, et le 14 novembre de Claudel qui l'impressionne et l'embarrasse. Ils se verront cependant plusieurs fois dans les années suivantes.

1893. *L'Écho de Paris* publie plusieurs récits comportant le personnage de Poil de Carotte. *Coquecigrues* paraît en février et *La Lanterne sourde* en juin sans autre succès que d'estime. Renard rencontre Maeterlinck et se lie avec Tristan Bernard.

1894. *Le Vigneron dans sa vigne* sort en octobre au Mercure de France, et *Poil de Carotte* chez Flammarion. Nombreux articles très élogieux dont ceux d'Arsène Alexandre, de Lucien Descaves, de Léon Daudet. Renard rencontre Anatole France qui le félicite de *L'Écornifleur* et fait la connaissance d'un autre admirateur : Toulouse-Lautrec. Il est en relation avec les peintres et dessinateurs Steinlein et Vallotton. Il collabore maintenant surtout à *La Revue blanche* des frères Natanson, où il a pour ami, entre autres, Romain Coolus.

1895. En janvier, Renard se rend à Boulogne-sur-Mer pour assister, avec l'adaptateur Georges Docquois, à une représentation théâtrale amateur de son texte *La Demande*. Il loue à Chaumot (deux kilomètres de Chitry) une maison de campagne qu'il appelle *La Gloriette* (« petite gloire »), surnom qu'il donne aussi souvent à Marinette, sa femme. Le 1er mars il assiste au banquet Goncourt, lie en mai amitié avec Edmond Rostand qui le présente à Sarah Bernhardt, et écrit *X... roman impromptu* en collaboration avec Veber, Auriol, Bernard et Courteline. Le 9 novembre, première de *La Demande* à l'Odéon. Le succès de la pièce oriente Renard vers le théâtre.

1896. Lucien Guitry incite Renard à récrire pour la scène ce qui deviendra *Le Plaisir de rompre*. En mars, Flammarion publie *Histoires naturelles* avec deux vignettes de Vallotton qui illustre également *La Maîtresse* éditée en mai par Simonis Empis. — Renard et les siens s'installent en mai à *La Gloriette* où ils passeront désormais une moitié de l'année environ jusqu'en 1909, année à partir de laquelle, ne pouvant relouer *La Gloriette*, ils retourneront à Chitry. En novembre, Renard assiste à la création de *Peer Gynt*, d'Ibsen à l'Œuvre de Lugné-Poe ; le mois suivant, il voit Sarah Bernhardt jouer *Phèdre* et Firmin Gémier créer *Ubu-Roi*.

1897. Le Cercle des Escholiers crée *Le Plaisir de rompre* avec Jeanne Granier et Henry Mayer, un des acteurs du Théâtre Libre d'Antoine : gros succès de presse. Le 19 juin, le père de l'écrivain, gravement malade, se tue d'un coup de fusil au cœur : on l'enterre civilement. Jules s'applique à remettre de l'ordre dans les affaires et à régler la succession. Il engage le ménage Chalumeau (Philippe et Ragotte dans ses derniers livres) pour entretenir la maison de Chitry où vit désormais seule Mme François Renard, ainsi que *La Gloriette*. — Il lit en novembre une nouvelle pièce, *Le Pain de ménage*, à Lucien Guitry et Marthe Brandès qui l'acceptent aussitôt. En décembre, il assiste aux générales des *Mauvais Bergers* et de *Cyrano de Bergerac* qui l'enthousiasme.

1898. Léon Blum et ses amis de *La Revue blanche* intéressent Renard à l'Affaire Dreyfus et au procès Zola. Création réussie du *Pain de ménage*. Ollendorff publie un nouveau recueil : *Bucoliques*. Ses amis n'arrivent pas à lui faire obtenir la Légion d'honneur. Vie mondaine à Paris, vie champêtre à Chaumot sont désormais les deux volets de sa très calme existence.

1899. Renard achève *Poil de Carotte*, pièce commencée l'année précédente mais à laquelle il songeait depuis longtemps. Il la lit en novembre à Antoine qui lui demande des modifications mineures, et à Lucien Guitry en train de répéter Flambeau dans *L'Aiglon* de Rostand.

1900. Le 22 janvier, mort subite de son frère. En mars, triomphe de *Poil de Carotte* chez Antoine : la pièce atteindra la centième en octobre. — Pressenti par Mirbeau pour l'Académie Goncourt, Renard s'efface devant Descaves. Le 6 mai, il est élu conseiller municipal de Chaumot et, le 15 août, reçoit enfin la Légion d'honneur.

1901. Renard va de plus en plus souvent au théâtre. *Le Plaisir de rompre* est reçu à la Comédie-Française. Le 15 août, il assiste à Bussang, dans les Vosges, en compagnie de Lucien Descaves, à une représentation en plein air de *Poil de Carotte* par le Théâtre du Peuple de Maurice Pottecher. Durant l'année 1901, les tournées Baret ont joué 136 fois *Poil de Carotte* en province.

1902. Il se partage entre Chaumot et les mondanités du théâtre parisien. Il manque pleurer aux *Burgraves* mais s'ennuie à *Pelléas et Mélisande* comme à *La Walkyrie*. Il commence à écrire dans *L'Écho de Clamecy*.

1903. Tandis qu'il joue toujours *Poil de Carotte*, Antoine met en répétitions *M. Vernet*, adaptation théâtrale de *L'Écornifleur*, qui est créé avec succès le 6 mai. — Conférences populaires sur « Le Rire » et sur « Molière », en février et en novembre à Clamecy et Cosne. Sa mère vient faire un séjour à Paris.

1904. Le premier numéro de *L'Humanité*, le 18 avril, contient un conte de Jules Renard : *La Vieille*. Le mois suivant, il est élu conseiller municipal, puis maire à Chitry. Conférence sur *Poil de Carotte* à Nevers et à l'École normale de Saint-Cloud.

1905. Renard s'intéresse de plus en plus aux personnalités socialistes comme Jaurès ou Blum, et à ses jeunes disciples, Marcel Boulenger et Henri Bachelin. Il perd le goût du travail et vit au ralenti. Il réside très souvent en Nivernais.

1906. Les soirées parisiennes reculent sans cesse devant le nombre et la longueur des séjours à Chaumot. Il collabore pendant trois mois à *La Petite Gironde* (février-avril) et s'apprête à devenir le critique dramatique d'un nouveau journal du soir : *Messidor*.

1907. Sans se déranger lui-même, il envoie sa femme et sa fille écouter la musique composée par Ravel sur quelques textes des *Histoires naturelles*. Importante collaboration de critique théâtrale et littéraire à *Messidor* à laquelle lui permet de mettre fin son élection à l'Académie Goncourt en remplacement d'Huysmans. Il prend ses fonctions d'académicien aussi au sérieux que ses fonctions de maire.

1908. Il est réélu à la mairie de Chitry, va beaucoup au théâtre mais sans grands enthousiasmes. Il publie de courts textes dans *Paris-Journal* et *La Grande Revue* de

Rouché. Ses *Mots d'écrit* paraissent dans les *Cahiers du Centre*. Fayard édite *Nos frères farouches* et Pelletan *Les Philippe*.

1909. Son état de santé s'aggrave. Il fait le 11 mars à l'Odéon d'Antoine une conférence sur *Le Mariage de Figaro*. La santé de sa mère s'altère également, et Marinette est elle aussi gravement malade. Le 5 août, sa mère tombe dans le puits de la maison de Chitry et se noie : accident, dit la version officielle. Renard se met d'accord avec sa sœur pour garder la vieille maison qu'il commence aussitôt à réaménager. Le 2 octobre, première de sa nouvelle pièce, *La Bigote*, à l'Odéon : vives réactions d'une partie du public contre l'anticléricalisme sans nuances.

1910. Il assiste encore en février à la générale de *Chantecler* de Rostand mais sa santé ne cesse de décliner. Il interrompt son *Journal* le 6 avril et meurt à Paris le 22 mai. Enterrement civil à Chitry.

1912. Première représentation de *Poil de Carotte* à la Comédie-Française.

1913. Publication d'un recueil posthume : *L'Œil clair*.

1919. Publication du roman *Les Cloportes*.

1925-1927. Les Éditions Bernouard publient, en dix-sept volumes, les *Œuvres complètes* de Renard sous la direction de Henri Bachelin. Le *Journal*, jusque-là inédit, occupe cinq volumes de l'ensemble.

1959. Publication par Gilbert Sigaux aux éditions Gallimard du *Théâtre complet* suivi de : *Propos de Théâtre, La Semaine théâtrale* et *Le Courrier des théâtres*.

Bibliographie

Éditions du roman

Édition originale : Paris, Flammarion, 1894 (43 récits et « L'Album de Poil de Carotte »).
Édition définitive : Paris, Flammarion, 1902 (48 récits et

« L'Album de Poil de Carotte »). Cette édition comporte
50 dessins de F. Vallotton.

Édition illustrée par Poulbot : Paris, Calmann-Lévy,
1907.

Édition critique moderne : celle de Léon Guichard dans
la Bibliothèque de la Pléiade, Gallimard, 1970 et 1971 :
Jules Renard, *Œuvres*, tomes I et II. Le tome I qui contient
Poil de Carotte fournit aux pages 654-658 des extraits de la
presse du temps attestant l'accueil très favorable reçu par
le roman.

Ouvrages sur Renard et sur *Poil de Carotte*

HENRI BACHELIN, *Jules Renard et son œuvre*, Mercure de
France, 1909.

HENRI BACHELIN, *Jules Renard*, Éditions de la Nouvelle
Revue Critique, 1930.

HELEN B. COULTER, *The Prose Work and Technique of Jules
Renard*, Washington, 1935.

LÉON GUICHARD, *L'Œuvre et l'âme de Jules Renard*, Nizet et
Bastard, 1936.

LÉON GUICHARD, *L'interprétation graphique, cinématogra-
phique et musicale des œuvres de Jules Renard*, Nizet et
Bastard, 1936.

PIERRE NARDIN, *La langue et le style de Jules Renard*, Droz,
1942.

JEAN-PAUL SARTRE, « L'homme ligoté. Notes sur le *Journal*
de Jules Renard », *in Situations I*, Gallimard, 1946.

MARCEL POLLITZER, *Jules Renard, sa vie, son œuvre*, La
Colombe, 1956.

PIERRE SCHNEIDER, *Jules Renard par lui-même*, Le Seuil,
1956.

LÉON GUICHARD, *Jules Renard*, Bibliothèque idéale, Gallimard, 1961.

LÉON GUICHARD, *Dans la vigne de Jules Renard*, Presses
Universitaires de France, 1966.

JEAN PAULHAN, *Œuvres complètes*, tome IV, Cercle du livre
précieux, 1969.

MICHEL AUTRAND, *L'Humour de Jules Renard*, Klincksieck,
1975 (les pages 59-73 de cet ouvrage traitent des réactions de la critique à l'œuvre de Renard).

MAURICE TOESCA, *Jules Renard*, Albin Michel, 1976.

ITALO CARONI, « L'ambiguïté du point de vue dans *Poil de
Carotte* » et « De Flaubert à Renard : la quête du récit »,
in Revista Lingua et Literatura, numéros 2 et 6, São
Paulo, 1973 et 1977.

APPENDICE

EXTRAITS DU *JOURNAL* DE JULES RENARD CONCERNANT POIL DE CAROTTE
(à l'exclusion de la pièce de théâtre)

12 mars 1889

Paroles de belle-mère. (*En marge de ce paragraphe, Renard a écrit, lors de la lecture qu'il fit de son* Journal *à partir du 25 janvier 1906, cette note : « C'est cette attitude avec ma femme qui m'a poussé à écrire* Poil de Carotte. »)

— Oui, maman.

— D'abord, je ne suis pas votre mère, et je n'ai pas besoin de vos compliments.

Tantôt elle oubliait de mettre son couvert, tantôt elle lui donnait une fourchette sale, ou bien, encore, en essuyant la table, elle laissait à dessein des miettes devant sa bru. Au besoin, elle y amassait en tas celles des autres. Toutes les petites vexations lui étaient bonnes.

On entendait : « Depuis que cette étrangère est ici, rien ne marche. » Et cette étrangère était la femme de son fils. L'affection du beau-père pour sa bru attisait encore la rage de la belle-mère. En passant près d'elle elle se rétrécissait, collant ses bras à son corps, s'écrasait au mur comme par crainte de se salir. Elle poussait de grands soupirs, déclarant que le malheur ne tue pas, car, sans cela, elle serait morte. Elle allait jusqu'à cracher par dégoût.

Parfois elle s'en prenait au ménage tout entier. « Parlez-moi de Maurice et d'Amélie. Voilà des êtres heureux et qui s'entendent. Ce n'est pas comme d'autres qui en ont l'air seulement. »

Elle arrêtait une brave femme dans le corridor, sur la porte de sa bru, et lui délayait ses chagrins. « Qu'est-ce que vous voulez ? Ils sont jeunes », disait celle-ci tout en se régalant de ces racontars. « Ah ! Ils ne le seront pas toujours ! disait la belle-mère. Ça se passe. Moi aussi, j'ai bien embrassé le mien, mais c'est fini. Marchez ! La mort nous prend tous. Je les attends dans dix ans, et même moins. »

Il ne faut pas oublier les retours. Soyons justes. Elle en avait, et de bien attendrissants.

— Ma belle, ma vieille, je suis à votre disposition. J'ai beau dire : je vous aime autant que ma fille. Donnez donc, que je vous remplisse votre cuvette. Laissez-moi donc les gros ouvrages. Vous avez les mains bien trop blanches.

Soudain, sa figure devenait mauvaise :

— Est-ce que je ne suis pas bonne à tout faire ?

Et elle séparait, dans sa chambre, les photographies de ses enfants de celle de sa bru, la laissait isolée, abandonnée, bien vexée sans aucun doute.

3 août 1892

Y aurait-il moyen de reprendre *Les Cloportes* en style direct ? Je dirais : « Mon père, mon frère, ma sœur ». Je serais un personnage d'observation : je ne jouerais aucun rôle, mais je verrais tout. Je remarquerais que le ventre de la bonne grossit. Je dirais : « Qu'est-ce qui va se passer ? » J'observerais les têtes. Je dirais : « Pan ! Voilà que maman veut mettre la bonne à la porte, maintenant ! » [...] Ce seraient les souvenirs d'un enfant terrible. Je dirais : « J'ai reçu une calotte, mais j'ai bien ri. » Faire très gai de surface et tragique en dessous. [...] J'aurais ainsi *Poil de Carotte*, ou l'enfance, *Les Cloportes*, adolescence, et *L'Écornifleur*, vingtième année. En faire une satire intime.

22 décembre 1893

Ces vols d'oies qui s'abattent, en criant, perdant leurs plumes, battant des ailes et les pattes allongées sur Poil de Carotte, tout oie.

22 février 1894

Je peux dire que, grâce à *Poil de Carotte*, j'aurai doublé ma vie.

24 mars 1894

Poil de Carotte. Ce frisson dont il tremble à l'approche du ridicule.

10 septembre 1894

A Schwob : *Poil de Carotte* est un mélange déplaisant, où je ne trouve plus les joies passées. C'est, plutôt qu'une *œuvre*, l'étalage d'un esprit loqueteux où l'on rencontre un peu de tout : de la pitié, de la méchanceté, du déjà dit et du mauvais goût. [...] Je me juge avec autant de sincérité que de sévérité. [...] Mais mon ennui — ajouté à d'autres — vient de ce que je ne me renouvelle pas et de ce que je suis incapable de me renouveler. Je suis né noué, et rien ne tranchera le nœud. [...] Peut-être aussi que je suis mécontent d'avoir donné *Poil de Carotte* trop vite, de l'avoir bâclé sur la fin pour gagner quelque argent immédiat. C'est possible.

21 septembre 1894

Poil de Carotte est un mauvais livre, incomplet, mal composé, parce qu'il ne m'est venu que par bouffées.

27 septembre 1894

Poil de Carotte, on pourrait indifféremment le réduire ou le prolonger. *Poil de Carotte*, c'est une tournure d'esprit.

12 novembre 1894

Poil de Carotte. Lui donner comme exergue : « Le père et la mère doivent tout à l'enfant. L'enfant ne leur doit rien. J.R. »

9 septembre 1895

A chaque instant Poil de Carotte me revient. Nous vivons ensemble, et j'espère bien que je mourrai avant lui.

1er février 1896

Mme Lepic, les yeux cousus de fil blanc.
Poil de Carotte. Notes inutilisées de « la Chambre de la Cave ». — Il voudrait pousser la hardiesse jusqu'à appeler sa mère *madame*, discuter sur le sentiment de la famille, sur le théâtre. « Je serais un ange ! » « Tu vas te faire mal au pied », dit grand frère Félix. Mme Lepic est allée se coucher en emportant la lumière. Mon affection a sa raison d'être. Madame prévient monsieur qu'elle va se coucher. Il est peut-être allé trop loin. Soufflant la lampe, elle lui dit : « Si

tu crois que je vais user de la lumière pour toi !... » Si les autres s'éloignent, sa mère lui reste. Le garde-manger, l'auge. On y calmerait sa soif sans boire. D'énormes barreaux l'empêchent d'aller se jeter dans le puits. A droite, à gauche, derrière lui, il écoute ronfler sa famille. Ses rêves. Il se réveille en sueur et pleure de joie.

18 octobre 1896

Poil de Carotte secret.

Je voudrais être un grand écrivain pour le dire avec des mots si exacts qu'ils ne paraîtraient pas trop naturels.

Nous nous servions mal de nos bouches. Elle ignorait, comme moi, l'usage de la langue. Nous ne pouvions que nous donner, sur les joues et sur les fesses, des baisers insuffisants. Je lui chatouille le derrière avec une paille. Puis elle m'a quitté. Je ne me souviens pas que son départ m'ait fait du chagrin. Sans doute était-ce pour moi une délivrance ; déjà, je n'aimais pas à vivre de réalités : je préférais vivre de souvenirs.

Mme Lepic avait la manie de changer de chemise devant moi. Pour nouer les cordons sur sa gorge de femme, elle levait les bras et le cou. Elle se chauffait aussi à la cheminée en retroussant sa robe au-dessus des genoux. Il me fallait voir sa cuisse ; bâillant, ou la tête dans les mains, elle se balançait sur sa chaise. Ma mère, dont je ne parle qu'avec terreur, me mettait en feu.

Et ce feu est resté dans mes veines. Le jour, il dort, mais la nuit, il s'éveille, et j'ai des rêves effroyables. En présence de M. Lepic qui lit son journal et ne nous regarde même pas, je prends ma mère qui s'offre et je rentre dans ce sein d'où je suis sorti. Ma tête disparaît dans sa bouche. C'est une jouissance infernale. Quel réveil douloureux, demain, et comme toute la journée je serai triste ! Aussitôt après, nous redevenons ennemis. C'est maintenant moi le plus fort. De ces bras dont je l'enlaçais passionnément, je la jette à terre, l'écrase ; je la piétine, et je lui broie la figure sur les carreaux de la cuisine.

Mon père inattentif continue de lire son journal.

Je jure que, si je savais que cette nuit encore je ferai ce rêve, au lieu de me coucher et de m'endormir je m'enfuirais de ma maison. Je marcherais jusqu'à l'aurore, et je ne tomberais pas de fatigue, car la peur me tiendrait debout, tout suant et tout courant.

Le ridicule au tragique : ma femme et mes enfants m'appellent Poil de Carotte.

2 novembre 1896

Lettre de Poil de Carotte à M. Lepic sur ce qu'il pense de la mort.

26 novembre 1897

Déjeuné chez Bernard [Tristan] [...]. Bernard me présente comme Poil de Carotte. Yvette Guilbert croit que c'est un surnom et le trouve drôle et mérité.

19 avril 1899

Poil de Carotte. Je n'ai jamais pu faire un geste de décision sans que mon frère pouffe de rire. De là ma vie humble et plate.

16 juillet 1899

[Réponses de Renard aux questions d'un ami journaliste.]
— Poil de Carotte dit à chaque instant des choses audacieuses. On éprouve une gêne, non à cause des audaces, mais parce qu'il nous renseigne mal sur lui-même. On ne sait trop l'âge qu'il a.
(Renard) — Parce qu'il est fait de moments. Ce n'est pas un être qui se compose : c'est un être qui existe. J'aurais pu l'arranger, le tailler : je ne l'ai pas voulu. C'est un travail que vous faites vous-même, agacé peut-être, mais peu importe, et, par ce travail, vous accroissez, bon gré, mal gré, la vie de Poil de Carotte.
— Une chose m'étonne, dit-il : c'est que vous décriviez si peu notre pays.
(Renard) — C'est parce qu'une description n'existe pas en tant que description par détails. On regarde un pays : on ne l'énumère pas. C'est l'impression par ce regard que je voudrais rendre, mais il n'y faut pas plus de deux ou trois mots. Je les cherche, et je les trouverai.

18 février 1901

Écrire toute la vie de Poil de Carotte, mais sans arrangement : la vérité toute nue. Ce serait plutôt le livre de M. Lepic. Mettre tout. Oh ! que j'étais embêté quand il me fit des aveux à propos de cette petite fille jolie et sale !

8 juin 1901

Il y a des Poil de Carotte parmi les petits poulets. J'en vois un que sa mère chasse de dessous ses ailes, qu'elle crible de coups de bec, simplement peut-être parce qu'il a une tache noire mal placée au goût de sa maman.

6 novembre 1901

[Jules Renard vient de reprocher à sa femme d'être un peu dure avec leur fille :]
— Oh ! moi, dure ! dit Marinette. Alors, je n'oserai plus rien lui dire.

C'est peut-être la leçon suprême de Poil de Carotte, sa dernière épreuve. Il essaiera, pour élever ses enfants, de faire le contraire des Lepic, et ça ne lui servira de rien : ses enfants seront aussi malheureux qu'il l'a été.

29 décembre 1903

[Renard est allé attendre sa mère à la gare de Lyon.]
J'avais préparé : « Bonjour, maman. Ça va bien ? Bon voyage ? Installe-toi. » Je n'ai pu lui dire que bonjour et lui donner deux baisers avec des lèvres jointes, desséchées.

Dans son « Oh ! ce Paris ! » il y a quelque chose de familier et d'attendri que Poil de Carotte n'a jamais eu.

15 mai 1909

Maman. Sa maladie, ses mises en scène dans le fauteuil. Elle se couche quand elle entend le pas de Marinette.

Ses moments de lucidité. C'est alors qu'elle joue le mieux la comédie.

Elle tremble, se frotte les mains, claque des dents, et, les yeux un peu hagards :
— Qu'est-ce que je vais encore faire ! dit-elle. Oh ! je vais m'y mettre.

« Je vais travailler. Quand on travaille... »

Elle fait une reprise à son bas.

Belle vieille encore, figure de sorcière aux traits nets, ou de vieille femme de roulotte, avec ses cheveux blancs ondulés.

Les asperges qu'on lui offre, elle les donne aux lapins.

Les femmes viennent la voir comme des voleuses. Elle n'a plus une chemise, ni un drap : elle a tout donné.

Elle finissait par dire : « Je n'ai plus besoin d'argent. »

Parfois, je la crois de trente ans plus jeune, aux prises, par la ruse, avec Poil de Carotte. Mais elle dit, avec une douceur feinte :

— Tu me grondes ? Eh bien, c'est raide, ce que tu me dis là !

Elle ferme la porte au nez de Ragotte, mais Ragotte dit :

— C'est le monsieur qui m'envoie.

La porte s'ouvre.

Trois états : lucidité, amollissements, vraie souffrance. En lucidité, elle est bien toujours Mme Lepic.

Elle envoie Philippe nous dire :

— Ne partez pas ! Je sens bien que je suis perdue.

Dans ses façons de vous tenir les mains et de les serrer, il y a presque des intentions de faire mal.

Août 1909

[La mère de Renard vient de mourir en tombant dans le puits de sa maison de Chitry :]

Passé la nuit près du corps, comme pour papa. Pourquoi ? Même impression.

Morte par accident ou par suicide, quelle différence, du point de vue religieux ? Dans le premier cas, c'est elle qui a tort, mais, dans le second, c'est Dieu. [...]

Elle faisait des plaisanteries, se penchait sur la margelle pour voir les herbes humides qui brillent, s'agenouillait pour inquiéter Amélie, jetait un cri et levait les bras en l'air pour faire accourir la bonne, et disait que c'était pour chasser une poule du jardin. La mère d'un ironiste ne doit pas plaisanter.

Non, ce n'était pas du cabotinage, mais je pensai le premier que ça en avait tout l'air.

6 avril 1910 (dernière notation du *Journal* de Renard)

Je veux me lever, cette nuit. Lourdeur. Une jambe pend dehors. Puis un filet coule le long de ma jambe. Il faut qu'il arrive au talon pour que je me décide. Ça séchera dans les draps, comme quand j'étais Poil de Carotte.

Table

COMMENTAIRES

APPENDICE

Le Livre de Poche s'engage pour
l'environnement en réduisant
l'empreinte carbone de ses livres.
Celle de cet exemplaire est de :
350 g éq. CO₂
Rendez-vous sur
www.livredepoche-durable.fr

PAPIER À BASE DE
FIBRES CERTIFIÉES

Composition réalisée par EURONUMERIQUE

———————————

Achevé d'imprimer en France par
CPI BUSSIÈRE (18200 Saint-Amand-Montrond)
en avril 2022
N° d'impression : 2062320
Dépôt légal 1ʳᵉ publication : novembre 1984
Édition 29 - avril 2022
LIBRAIRIE GÉNÉRALE FRANÇAISE
21, rue du Montparnasse – 75298 Paris Cedex 06

Composition réalisée par ...

IMPRIMÉ EN FRANCE PAR ...